La tierra de la fantasía

Donde cualquier cosa puede pasar

Historias sobrenaturales y de amor

Erika M Szabo

Mensajero

Cuando el Cuervo Llama, ¡Escucha!

Cuando el Cuervo Llama, ¡Escucha!

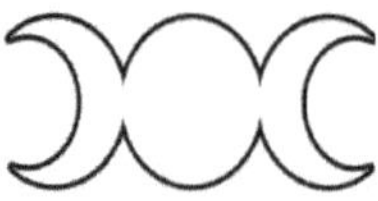

"Acosador del peligro, el Cuervo llama
Augurio de peligros que caerán
Ignorar su advertencia no es un buen augurio
Tiempo de la esencia, hechizo de protección de lanzamiento
Kraa del roble, aleteando las alas de plumas negras
Su corazón conoce el mensaje que trae"
Cindy J. Smith

Prólogo

Lauren tuvo una infancia feliz, pero la tragedia de perder a sus padres y su hermano hizo que creciera demasiado rápido. Tenía ocho años en esa mañana tormentosa cuando el Cuervo apareció en su alféizar la primera vez. Ella tenía curiosidad y se puso de pie para echar un vistazo más de cerca al pájaro, pero rápidamente desapareció.

Esa noche el Cuervo volvió y picoteó en su ventana. Esta vez el pájaro negro parecía amenazante, rallado sus plumas y soltado un fuerte sonido *kraa*. Sus ojos negros del carbón reflejaban la luz de la habitación, y dejó salir otra espeluznante *"kraa"*. Lauren estaba asustada y corrió hacia su abuela que estaba viendo la televisión en la sala de estar. —Abuela, hay un enorme pájaro negro picoteando en mi ventana y me graznó. ¡Tengo miedo! —Lauren agarró la mano de su abuela. —¡Ven, te voy a mostrar! —, Exclamó.

Su abuela se puso de pie y la siguió.

—¡No! ¿Ves? — Lauren apuntó a la ventana.

—No lo veo, pero se puede. No te asustes, ponquecito—, su abuela se acobardó suavemente y la abrazó fuerte.

—¿Por qué no puedes verlo, abuela? —

—Porque es tu guía espiritual, sólo tú puedes verla. —

—¿Tienes una guía espiritual también que sólo tú puedes ver? —

—Sí. En nuestra familia, todo el mundo tiene un Cuervo mensajero—.

—Pero ¿por qué? ¿Qué quiere? —

—Te advierte que algo malo está a punto de suceder que cambiará tu vida—. La anciana suspiró y abrazó a Lauren aún más fuerte.

—Pero esta mañana no me asustó. ¿Por qué es tan malo conmigo ahora?

—¿Viste a tu cuervo esta mañana? —, Preguntó su abuela, sintiéndose alarmada.

—Sí, pero no me asustó en ese momento. —

—¡Diosa ayúdanos! Espero no llegar demasiado tarde. Susurró a buscar la mano de Lauren. —Vamos a comer, vamos a encender algunas velas bonitas. —

—¿Por qué, abuela? — Lauren le preguntó con los ojos abiertos.

—Porque... mantendrá a todos los que amamos, a salvo—.

Capítulo 1

Lauren conoció a Luke cuando hizo su rotación quirúrgica en el Hospital Presbiteriano. Luke trabajaba para un bufete de abogados que manejaba casos de negligencia médica y la interrogaba sobre una cirugía.

Estaba bien arreglado, encantador, guapo, y su sonrisa amable iluminó la habitación. La hizo sentir a gusto y había una atracción instantánea entre ellos. Después de unas cuantas citas, su relación floreció en un romance apasionado y en el Día de San Valentín, propuso. Lauren estaba feliz y contó sus bendiciones de haber encontrado al hombre perfecto. Aunque su abuela le preguntó en numerosas ocasiones si estaba segura de casarse con él, ella le aseguró que él es un buen hombre, y él la hace feliz.

—Su aura no está clara y sus vibraciones se sienten mal—, le dijo a Lauren.

—Pero ¿por qué la abuela? ¿Qué hizo? —

—Mi intuición me dice que no confíe en él, y no puedo controlar cómo me siento. Piénsalo bien, y no te apresures al matrimonio. ¿Cómo te sientes con él? —

—Lo amo, abuela. Confío en él, y quiero casarme con él. —

A pesar de los sentimientos amargos que dejó la advertencia de su abuela, Lauren no cambió de opinión. Su abuela cedió, pero insistió en tener un acuerdo prenupcial elaborado por su abogado que Lauren dubitativamente y Luke felizmente firmaron. Se mudó a su apartamento en el ático, y se establecieron en vivir una vida de casado aparentemente idílica. Pronto, comenzó a hablar de lo estresante que era trabajar para el bufete de abogados e hizo planes para el momento en que tendría suficiente dinero para comenzar su propio bufete de abogados. Lauren se rió y sacó su chequera: —¿Cuánto necesitas? —

Luke parecía estar sorprendido y al principio, protestó contra el uso del dinero de su esposa, pero pronto, felizmente cedió y alquiló un espacio de oficinas en un edificio de gran altura en la calle 84 en Manhattan. Lauren eligió Medicina Interna y abrió su oficina a cinco cuadras de la oficina de Luke.

Todo parecía estar bien durante los primeros años. Luke era ambicioso, y para hacer conexiones valiosas, organizaba fiestas cada dos meses más o menos en el lujoso loft de Lauren e invitó a personas influyentes. A Lauren no le gustaban las sonrisas forzadas y las interminables y nauseabundamente y aburridas agradables, que parecían ser las mismas en cada fiesta. Su figura escultural dibujó miradas admiradoras de los hombres y miradas celosas de las esposas del trofeo. Estaba aburrida y a veces disgustada por los negocios que hacían entre cócteles, pero no podía decirle que no a Luke y soportarlo para complacerlo. Sin embargo, ella puso el pie en el suelo cuando Luke quería darle vida a las fiestas con cocaína y otras drogas populares de fiestas.

Más tarde Luke comenzó a ser imprudente y le confesó a Lauren sobre las malas inversiones que hizo y las decenas de miles que perdió en sus juegos de póquer mensuales con sus amigos. Lauren lo rescató cada vez, pagó sus deudas y lo perdonó a menudo recordando las sabias palabras de su abuela. —Cada vez que perdones a un hombre, te amará más, pero lo amarás un poco menos. Llegará el momento en que verás quién es realmente—.

Los últimos seis meses más o menos Lauren sintió una profunda frialdad que se filtraba lentamente en su relación. Era atento y cariñoso como de costumbre durante los breves momentos de las mañanas y las noches que se las arreglaban para pasar juntos, pero numerosas veces ella cogió el destello ansioso de sus ojos o lo notó mirando a nada. Al principio, pensó que era porque seguía sacando a relucir la idea de formar una familia, pero últimamente, sintió otra cosa. Se puso ansioso y a veces se espetó a ella cuando le preguntaba por su compañía. —Todo está bien—, diría, terminando la conversación.

No podía sacudir la sensación de incertidumbre que se deslizaba entre ellos y trataba de forzar cierta confianza en Luke. Después de una buena cena, ella mencionó, de nuevo, que es hora de formar una familia. Se alegró y su expresión se volvió frígida, pero sabiendo lo materialista que era, ella seguía enumerando sus razones. —Somos felices y tenemos todo lo que siempre hemos querido. Mi herencia nos proporciona seguridad financiera y además, ambos tenemos grandes trabajos. Creo que necesitamos un niño para unir a nuestra familia—.

—Tenemos mucho tiempo, ambos somos jóvenes. No tenemos que darnos prisa. Disfrutemos juntos de nuestra vida y de nuestra libertad. ¿No estás feliz? —

El coraje y la ira se apoderaron de Lauren y antes de que pudiera detenerse, se desdibujó a toda prisa: —Se acerca mi trigésimo quinto cumpleaños, y es hora, pero pareces estar tan en contra de la idea de tener un hijo. Tal vez no estamos destinados a estar juntos. Esto no es suficiente para mí. Tal vez deberíamos divorciarnos y seguir con nuestras vidas por separado—.

Luke se encogía de nuevo con el miedo parpadeando a través de su cara hermosa. —No, cariño. Te amo y haré cualquier cosa para hacerte feliz—. Se puso de pie y corrió hacia Lauren, abrazándola fuertemente. —Tienes razón. Empecemos una familia, pero esperemos un poco más. Tal vez hasta el año que viene.

Aunque Lauren sintió la distancia entre ellos a medida que pasaban las semanas y los meses, ella calmó sus crecientes preocupaciones y preocupaciones. *Todo va a estar bien cuando llegue el bebé. Los niños unen a las parejas.*

Cuando su DIU se cayó, lo tomó como una señal y no lo reemplazó. No podía evitar esperanzarse y preguntarse. *Tal vez llego tarde,* pensó, todavía sin estar dispuesta a creer incluso después de la prueba positiva de embarazo en casa, pero esta mañana el laboratorio lo confirmó. El sentimiento feliz suprimió su ansiedad por lo que Luke dirá. *¡Voy a tener un bebé!*

Capítulo 2

Lauren estaba junto a la ventana abierta de su oficina del segundo piso. El sol estaba a punto de ponerse y pintó la parte superior de los árboles en el parque al otro lado de la calle con luz dorada. Sacudiendo su largo pelo bronce de su coleta constrictora, ella disfrutó de la hermosa vista después del agitado día de tratar a los pacientes con todo tipo de problemas. Bebió su té, se apoyó en el marco de la ventana y vio a la gente corriendo sobre la acera. Un grupo ruidoso de adolescentes estaban disparando aros en el patio de recreo del parque mientras que un rebaño de palomas luchaba con una ardilla molesta que estaba a punto de robar las sabrosas semillas, cortesía de la señora Wilkins. La anciana alimentaba a los pájaros todos los días, esté lloviendo o soleado.

—Lauren, Marcia y yo nos vamos. ¿Debería llamarte un taxi? — Kathy, su atractiva recepcionista pelirroja con piel pecosa llamó para que abrieran la puerta. Su cabello rizado y largo volteó mientras se volvía hacia Marcia, su regordeta enfermera rubia, que apareció a su lado.

Lauren se volvió a mirar a sus mejores amigos desde la escuela secundaria. Cuando Lauren se presentó a la escuela de medicina, trató de convencer a Marcia para que también aplicara. Tenía los créditos y su puntuación en el SAT era aún mayor que la de Lauren, pero Marcia dijo que convertirse en doctora no era lo que quería. Su sueño era convertirse en enfermera. Después de graduarse, trabajó en un hospital y cuando Lauren comenzó su práctica, se unió a ella. Kathy nunca tuvo ninguna ambición de ir a la universidad. Era miembro de una organización de brujas y disfrutaba de ser una bruja practicante. Trabajó en el Hospital

Presbiteriano con Marcia como recepcionista, y tan pronto como Lauren abrió su consultorio, también se unió a ella.

—No, gracias. Luke va a recogerme. —

—Bien, entonces. Estoy exhausta, fue un día ajetreado—. Kathy suspiró. —Necesito un baño caliente y una margarita grande. —

—Yo también —se rió Marcia—.

—Sí, ha sido un día largo y agotador. — Lauren sonrió sintiéndose agotado. —Pero ustedes dos hicieron que el día fuera sin problemas, como de costumbre. —

—Por supuesto —se rió Marcia—. —Nos pagas bien para dar lo mejor de nosotros mismas. —

—Chuu, salgan de aquí y disfruten de su noche. Nos vemos mañana. —

—Buenas noches—, oyó a las mujeres decir al unísono mientras se dieran la vuelta y caminaban hacia el área de recepción a través del pasillo. —Cerraré la puerta —gritó Kathy—.

—Estoy tan contenta de que sea la noche en la que Dave cocina. — escuchó Lauren la voz de Marcia.

—¡Eres tan afortunada! — Kathy respondió. —Sólo tengo mi gato para hacerme compañía en las noches solitarias. —

Lauren oyó la puerta principal y la voz de Marcia de nuevo. —¿Por qué no sales? Han pasado seis meses desde que te deshiciste de esa sanguijuela. Tienes que lanzar un hechizo de amor o algo así y atrapar a un buen hombre.

—Marcia, te lo dije muchas veces. — Kathy alzó la voz con ira. —Los hechizos son poderosos, no puedes simplemente ir y lanzar un hechizo de amor. —

—¡Muy bien! Sólo estaba diciendo. Puedes desenredar tus plumas—.

La puerta se cerró con un golpe e hizo clic. Lauren sonrió y volvió hacia la ventana. *Me alegro, se deshizo de ese perdedor. La estaba drenando hasta secarla durante años, pero ella se aferró a él. Marcia la ayudó a darse cuenta de que sólo la estaba usando.* El tono agudo de su teléfono la sacó de sus pensamientos.

—Lo siento, cariño, llegaré un poco tarde. Estoy atascado en el tráfico. — Oyó la voz de su marido, silenciada por los sonidos de la bocina y el ronroneo fuerte del motor del coche.

—Está bien, tengo algunos documentos y resultados de laboratorio que repasar. Pediré comida china cuando llegues aquí, y la recogeremos de camino a casa—.

—Suena bien, nos vemos en un rato. —

Lauren no tenía ganas de hacer el papeleo y miró por la ventana soñando. *Se lo diré esta noche, después de cenar.*

Al otro lado de la carretera en el parque, había un grupo de madres con sus hijos pequeños. Parecía como si todos fueran amigos, pasando una tarde juntos, algo que Lauren imaginaba haciendo ella misma. Estar ahí fuera con su hijo o hija, empujarle en el columpio después de haber pasado su día en el trabajo parecía tan gratificante. Ella no querría renunciar a su carrera para ser una madre que se quedara en casa, y sabía que Luke tampoco renunciaría al trabajo. Llegar a un compromiso ahora debe ser una prioridad, ya que su hijo estaba creciendo dentro de ella, así que tal vez estaría de acuerdo en contratar a una niñera de tiempo completo. *Por fin. Seré mamá.* Lauren puso su mano en su vientre y no podía dejar de sonreír.

De repente, oyó un sonido *kraa* profundo y desgargantado. Lauren respiró hondo. Ella sabía lo que significaba el sonido demasiado familiar. Sus ojos se dispararon hacia el roble alto al otro lado de la calle de donde vino el sonido espeluznante. Los ojos negros brillantes del Cuervo se fijaron en ella y dejaron salir otro sonido chillón fuerte. El estómago de Lauren se encogió en un nudo y una sensación terrible se apoderó de ella. *¡No, no!*

¡Por favor, no otra vez! Gritó en su mente. —¡Chuu! —, Gritó en voz alta. —Nada malo va a pasar. —

El Cuervo aleteó, llamó de nuevo aún más fuerte, lo que envió terror a través de los nervios de Lauren cuando recordaba la advertencia de su abuela. —El Cuervo es tu mensajero y te advierte que algo malo está a punto de suceder que cambiará tu vida. Debes realizar un ritual de protección y pedir al espíritu lobo que te proteja del daño—.

Una señal de algo malo que venía no era lo que necesitaba. No con las buenas noticias confirmadas esta mañana. Lauren corrió a su escritorio y abrió el cajón inferior. Había una caja con el libro de hechizos de su abuela, velas y hierbas.

Miró hacia arriba sintiéndose ansiosa cuando oyó la puerta principal de la apertura de su oficina. *Es demasiado pronto para que Luke llegue aquí, tal vez una de las chicas debe haber olvidado algo.* Ella gritó: —¿Eres tú, Marcia o Kathy? — Cerrando el cajón, sin querer que nadie más supiera sobre el secreto de la familia, Lauren se puso de pie, caminando hacia la puerta. Justo antes de que llegara alguien entró por la puerta. Un puño enguantado frente a su rostro se hizo grande y lo siguiente que supo fue que estaba cayendo hacia atrás y golpeó la alfombra con un golpe. La oscuridad comenzó a envolverla cuando sintió un golpe insoportablemente doloroso a un lado de su cabeza antes de perder el conocimiento.

Capítulo 3

Lauren abrió lentamente los ojos. Los plafones blancos con accesorios de luz fluorescente le dijeron exactamente dónde estaba. *Estoy en el hospital, pero ¿por qué? ¿Qué me ha pasado?* Lentamente, trató de moverse. Cada parte de su cuerpo le dolía. Su cabeza palpitaba, y cuando lentamente volvió la cabeza, pudo ver el poste IV con una bomba unida por su cama. *Me duele la garganta. ¿Estaba intubada? Me duele el vientre como si me operaran. ¿Por qué no puedo recordarlo?* Tocó el lado de su cabeza y sintió un bulto grande y doloroso, pero sin humedad en su cabello mate. *No hay herida abierta, debo haber caído y golpearme la cabeza. Pero ¿por qué mi abdomen se siente como si estuviera en llamas por dentro? ¿Mi bebé está bien?* Gritó en su mente, pero sabía que era más seguro para ella no hacer movimientos repentinos o sentarse, pero necesitaba saber por qué estaba en el hospital y qué le pasó.

Antes de que pudiera llegar al botón de llamada, Marcia se apresuró a entrar en la habitación y le gritó con preocupación en su voz: —¡Debes quedarte en la cama! Has perdido mucha sangre—.

—¿Qué pasó? — Lauren se las arregló para sacar su pregunta. Sintió un fuerte dolor en la garganta cuando hizo sonidos y apenas pudo mover sus labios hinchados.

—¡Me alegro de que estés bien! — Marcia la abrazó con un cuidadoso abrazo. —Regresé a la oficina porque olvidé mi teléfono, y te encontré en el suelo inconsciente y sangrando—.

—¿Está bien mi bebé? ¡Por favor, dime que no perdí al bebé! — Exclamó Lauren con lágrimas en sus ojos.

—El bebé está bien. Por cierto, ni siquiera sabía que estabas embarazada—. Marcia la miró acusadoramente. —No nos dijiste. —

—No, no se lo dije a nadie todavía, quería decirle a Luke primero. Acabo de recibir el resultado del laboratorio esta mañana.

—Afortunadamente, el cuchillo falló el útero cuando el atacante te apuñaló, pero el médico dijo que tenía que sacar uno de tus ovarios porque estaba gravemente dañado. Lo siento mucho. —

—Está bien, estaré bien. El bebé es estable y nada más importa. — Lauren sollozó.

—Estarás bien. Estoy aquí para ti, y siempre estaré aquí para ti, lo sabes. — Marcia susurró, acariciando su hombro.

—Lo sé —susurró y trató de sonreír—. —¿Está Luke aquí? —

—Lo llamé mientras estabas en cirugía, está en camino. Sabía lo del bebé...— La voz de Marcia se desató en silencio mientras miraba hacia otro lado.

Lauren la miró y se sorprendió al ver el destello enojado en sus ojos. —¿Qué pasa, Marcia? ¡Dime! —, Exigió.

Vacilante, Marcia respondió: —Es... él acaba de... su primera pregunta fue: '¿Está viva?', lo que me tomó por sorpresa. Por lo general, cuando la gente recibe malas noticias como esa, se preocupan y preguntan: '¿Está bien?' o algo así. Y luego preguntó: '¿Qué pasa con el embarazo?' y cuando le dije que el bebé está bien, me dijo: 'Estoy en camino' y me colgó. Sonaba tan frío...—

—Todo saldrá bien. Está en shock. — Lauren defendió a su marido. Una lágrima goteó por la mejilla de Lauren mientras tocaba su vientre. El bebé que había querido más de lo que podía poner en palabras, estaba a salvo. —Me duele el lado cuando respiro. ¿Tengo costillas rotas? —

—Sí, el médico dijo que tienes dos costillas rotas y tienes suerte de que no te perforó el pulmón. Además, tu cara está hinchada, y tienes una conmoción cerebral por el golpe en la cabeza. Debes permanecer en la cama. — Ella advirtió.

—Pero ¿qué me pasó? Todo lo que recuerdo es caer y luego la oscuridad.

—Cuando volví a la oficina, la puerta estaba entreabierta. Llamé a la ambulancia y a la policía de inmediato. El equipo de limpieza estaba trabajando en el primer piso y no vieron a nadie. Pero el oficial dijo que la cerradura no estaba rota—.

Lauren se esforzó para hablar. —Pero sólo tú, Kathy, y yo tenemos las llaves de la oficina. —

—El atacante podría haber forzado la cerradura. El detective pensó que probablemente estaban buscando drogas, pero el teclado en la sala de medicina estaba intacto y la cerradura en el carro de choque tampoco estaba rota—.

—No entiendo. Por cualquier razón por la que irrumpieron, no necesitaban golpearme inconsciente y apuñalarme—, susurró Lauren y luego recordó que estaba a punto de hacer un hechizo de protección cuando el atacante la detuvo.

—¿Qué puedo hacer por ti? Me quedaré contigo. —

—No, vete a casa. Estoy seguro de que Luke se quedará conmigo. Trataré de dormir. Tal vez cuando me despierte, me daré cuenta de que esto no era más que un sueño horrible.

Marcia acarició algunos mechones de pelo de la frente de Lauren. —Cualquier cosa que pueda hacer, llámame de inmediato. Estaré aquí a primera hora de la mañana. — Miró a Lauren con preocupación cuando hizo un guiño al dolor. —Voy a llamar a la enfermera. Necesitas analgésicos—.

—Voy a estar bien, no te preocupes. Tomaré tantos analgésicos como pueda de manera segura. No puedo herir al bebé con narcóticos fuertes—. Lauren logró una sonrisa débil y cambió de tema. —Me alegro de que hayas olvidado tu teléfono y me hayas encontrado. —

—Eres mi mejor amiga, Lauren. Te amo. —

—Yo también te amo. —

Poco después de que Marcia saliera de la habitación, Luke irrumpió y corrió hacia el lado de Lauren. —¿Estás bien? ¡Dios mío! Tu cara se ve todo magullada e hinchada. Tomó su mano y la levantó a sus labios.

—¿Cómo te enteraste del bebé? — Lauren se las arregló para preguntar. —Iba a decirte esta noche después de la cena. —

—Vi la prueba de embarazo en casa en el baño, pero no dije nada. Esperé a que me dijeras cuando estuvieras lista. — Le acarició el brazo suavemente.

—¿Estás feliz por el bebé? —

Antes de que Luke pudiera responder, escucharon a un hombre despejando su garganta en la puerta. —Disculpe la interrupción, pero necesito hacer algunas preguntas—, habló el hombre delgado vestido con un traje azul oscuro con corbata gris. —Soy el detective O'Connor. — Entró y se paró junto a la cama de Lauren. —¿Qué recuerda del ataque, Dra. Bailey? —

—No recuerdo nada —respondió Lauren sintiéndose un poco molesta por la interrupción. — —Sucedió tan rápido. Recuerdo un puño que se me venía a la cara y que me estaba cayendo. Todo se oscureció y no sé qué pasó—.

—¿Vio la cara del atacante? ¿Recuerda la ropa que llevaban o alguna marca en su piel, como tatuajes o marcas de nacimiento? —

—No. Todo lo que recuerdo es lo que acabo de decirle. Todo lo que vi fue un puño enguantado cuando me volví. Me caí y todo se oscureció—.

—¿Puede pensar en alguien que quiera hacerle daño? —

Lauren negó con la cabeza. —No lo creo... espere, había un hombre hace unos meses que me acusó de no hacer todo lo posible para su esposa. Tenía un tumor cerebral inoperable y maligno, y falleció. Estaba amargado y enojado, pero detuvo las llamadas amenazantes hace unas semanas. Creo que finalmente entendió que no había nada que nadie pudiera hacer para salvarla.

—¿Puedes darme su nombre? Lo investigaré. ¿Hay alguien más en quien pueda pensar? —

—No. —

—Bien, gracias. Si recuerdas algo más, por favor llámame. Siéntase mejor. — Puso una tarjeta en el puesto de la cama y salió de la habitación.

Así como Lauren se volvió hacia Luke otra vez, el cirujano y el especialista pulmonar entraron. Pasaron más de una hora hablando de su condición y plan de tratamiento. Ambos médicos le aseguraron una recuperación completa. Cuando se fueron, Lauren se sentía exhausta y estaba sufriendo, no tenía ganas de hablar y envió a Luke a casa.

Su vientre y su costado le dolía tanto que le trajo lágrimas a los ojos. Llamó a la enfermera. Después de que el analgésico hizo efecto, cayó en un sueño profundo.

Capítulo 4

Después de una noche inquieta, los ruidos habituales del hospital despertaron a Lauren. Su boca estaba seca, pero el dolor era más soportable. Ser una paciente y depender de las enfermeras para ayudarla con cada movimiento, fue una sensación horrible. Sin embargo, Lauren dejó que su enfermera, Tammy, la ayudara a la silla reclinable.

—Déjame saber cuándo estés lista para volver a la cama.— Tammy le dio unas palmaditas en el hombro a Lauren. —No trates de volver sola. Marcia me matará si te caes y te haces más heridas—.

—Te prometo que te llamaré. — Lauren le sonrió a Tammy. —Aprecio todo lo que estás haciendo por mí. —

—Ni lo menciones. —

—¿Dónde conociste a Marcia? —

—Ella solía trabajar aquí antes de abandonarnos y se fue a trabajar para ti. Es una gran enfermera, disfruté trabajando con ella—.

—Ella es genial, y una buena amiga también. —

—Los médicos son a menudo los peores pacientes para tratar, pero usted es diferente. Al menos por ahora. — Tammy se rió y puso su mano en la de Lauren. —Es un buen cambio tener un médico como paciente que no actúa como todopoderoso—. Ella brilló una sonrisa cálida y caminó hacia la puerta.

Lauren abusó de su teléfono mientras miraba el reloj. *Son las nueve en punto y Luke no está aquí, ni siquiera una* llamada. Un sentimiento triste se apoderó de ella. *Lo sabía. No está contento con el bebé. Pero no me importa.* Se tocó el vientre. *Este pequeño es más importante.*

Lauren vio a Tammy caminando por la puerta hasta que pudo estar segura de que no había manera posible de que la enfermera pudiera escuchar la conversación que estaba a punto de tener. Luego marcó el número celular de Kathy.

—¿Cómo te sientes? — Llegó la voz preocupada de Kathy. —Marcia me llamó hace una hora y me contó lo que pasó. Estoy tan preocupada. Odio a Marcia por no llamarme anoche. ¿Estás bien? Estaba a punto de ir al hospital a verte—. Kathy tomó un aliento ruidoso aparentemente se quede sin aire después de su largo discurso.

—Todo está tan mal! — Lauren tocó sus labios hinchados y dolorosos. Le dolió mover la boca. —Escucha. El Cuervo me advirtió poco antes de que me atacaran. Estaba a punto de preparar todo para el hechizo de protección cuando me dejaron inconsciente. Debo llevar a cabo el hechizo, y necesito que me traigas las velas y el libro de hechizos de la abuela de la oficina—

.

Kathy se había hecho cargo de la organización de brujas de su abuela después de que ella falleciera hace un año, y a menudo realizaban hechizos de protección y limpieza juntas después de las horas de oficina cuando Marcia se iba. Aunque Marcia era su mejor amiga, su constante burla de Kathy acerca de ser una bruja, hizo que Lauren lo mantuviera en secreto de ella.

—Pero no tengo una llave del cajón. —

—Está abierto. Estaba a punto de sacar el libro de hechizos cuando...—

—Bien, voy a salir por la puerta, ahora. ¿Quieres sólo las velas y el libro? No. Después de la visita de tu mensajero y lo que te pasó, creo que necesitas un poderoso hechizo de protección. Estoy trayendo mis hierbas también.

—Yo sólo... Tengo la extraña sensación de que no ha terminado—.

—A ambas nos enseñaron a escuchar esos sentimientos. Estaré allí en una hora.

—Gracias. No sé cómo, pero debemos averiguar cómo llevar a cabo el hechizo de protección aquí, en el hospital. Encontraremos la manera, tenemos que hacerlo—.

—¡Eso es fácil! — Kathy le aseguró. —Le diré a su enfermera que vamos a rezar en su habitación y no nos molestarán. Lo he hecho muchas veces con las hermanas de mi organización cuando estaban en el hospital—.

Lauren terminó la llamada cuando oyó un golpe en la puerta y vio a Luke entrar en la habitación con un ramo de flores. Lauren lo miraba, con una mezcla de emociones yendo a través de ella cuando desde la esquina de sus ojos vio una sombra oscura. Girando la cabeza un poco vio el cuervo en el alféizar de la ventana. *Oh, no. ¡Por favor, él no!* Lloró en su mente. El pájaro negro fijó sus ojos brillantes en Luke por un segundo y luego desapareció.

—Siento mucho no haber podido venir antes. — Luke se disculpó y se inclinó para besarle la frente.

—¿Qué pasó? — Lauren se las arregló para susurrar, tratando de ocultar la terrible sensación de que su premonición desencadenó. La emoción cruda era más dolorosa que sus lesiones físicas.

—Un cliente llamó. Fue arrestado y yo estaba con él tratando de averiguar su defensa. Suspiró, sentado en la cama frente a Lauren. —Pero no es nada de lo que debas preocuparte. ¿Cómo te sientes? —

—Todo duele, pero estaré bien. Y lo que es más importante, el bebé está bien—. Ella lo cebó por una respuesta que no recibió el día anterior.

—Sí, estoy tan contento de que no haya daños duraderos. Hablé con el médico cuando salía anoche, y ella me aseguró de tu plena recuperación—.

Lauren notó la falta de emociones en sus ojos cuando mencionó al bebé. Se preguntó si a su marido le importaba. Luke sonrió, pero no le llegó a los ojos, lo que hizo que Lauren sospechara aún más.

Se esforzó por callar la sensación amarga. —No entiendo por qué la persona que irrumpió en la oficina me golpeó tan brutalmente. Ni siquiera sé si fue un hombre o una mujer. Sin decir una sola palabra me dejó inconsciente como si quisiera matarme. El detective dijo que la persona podría haber estado buscando drogas, pero no falta nada—.

—Tal vez alguien lo molestó, y se escapó—, especuló Luke.

—Pero si alguien más estaba allí también, ¿por qué no llamaron para pedir ayuda? Estaba en el suelo, sangrando hasta que Marcia me encontró—.

—No lo sé, cariño, y tal vez nunca lo sepamos—, anunció Luke buscando su teléfono, que estaba sonando en su bolsillo. Miró la pantalla. —Es la oficina. Tengo que tomar esta llamada. Miró a su esposa para su aprobación.

—Claro, no hay problema. — Lauren asintió y alcanzó el jugo de naranja en su mesa para tomar un sorbo. Ella escuchó a Luke hablando con alguien con voz callada. —¿Tienes que ir? — Preguntó ella cuando Luke terminó la llamada.

—Desafortunadamente, sí. Hay otra crisis en la oficina—. Se rascó la barbilla nerviosamente. —Me quedaré si quieres. Al diablo con la oficina y los clientes, eres más importante—.

—No, no hay mucho que puedas hacer aquí, pero siéntate conmigo. Las enfermeras me vigilan, y las cosas podrían ser mucho peores. Estoy vivo, y me recuperaré a tiempo.

Asintió con la cabeza, Luke miró su teléfono. —Son las diez, espero poder estar de vuelta en la tarde para quedarme contigo. —

—Suena bien. Ve a hacer tu trabajo. Ambos sabemos cómo eres si tienes algo que hacer—.

—¿Estás seguro? —

—Estoy seguro. Vamos. —

Lauren se sentía agotada, cada parte de su cuerpo y mente clamaba por descansar y dormir. *Luke no volverá por un tiempo; Debo descansar y pensar.* Llamó a Tammy y con su ayuda, llegó a su cama. Metada y sintiéndose relativamente cómoda, cerró los ojos y se hundió en un sueño sin sueños.

Su teléfono la despertó una hora después. —Voy a estar en más tarde de lo que pensé.— Oyó la voz de Kathy. —La policía puso un sello en la puerta de la oficina, no puedo entrar a recoger las velas y reservar. Realmente no necesitamos el libro porque conocemos el hechizo, pero no tengo todas las hierbas y velas que necesitamos. Tendré que parar en la tienda de magia en Brooklyn, así que tomará un tiempo—

—No te preocupes. Ten cuidado. El tráfico es brutal a esta hora del día. Lauren murmuró.

A punto de quedarse dormida pero demasiado cansada para abrir los ojos, sintió que la enfermera revisaba sus signos vitales y luego caminaba hacia el poste IV cambiando la bolsa intravenosa. Más tarde oyó la voz apagada de Marcia hablando con la enfermera fuera de la puerta, y luego entró de puntillas en la habitación y se sentó en la silla junto a su cama.

Lauren reconoció la melodía de su teléfono, pero antes de contemplar la apertura de los ojos, Marcia lo contestó en el primer anillo. —Está dormida —susurró ella—. —No, ella está bien. Necesita tanto descanso como pueda. ¿Cuándo vas a llegar aquí? — Ella estuvo callada por unos segundos y dijo antes de colgar la llamada, —Tengo que ir a casa, pero voy a tratar de volver más tarde. —

Lauren era ajena al mundo durante unas horas cuando un ruido fuerte la despertó. Sus ojos se abrieron y vio el cuervo en el alféizar de la ventana. El pájaro negro la miró con sus ojos de perla negra e hizo un fuerte —*kraa"*. *¡Otra vez no! Por favor, ¿qué quieres ahora?* Ella rogó en silencio, en una sensación de terrible ahogo.

De repente, la cara siniestra y burlona de Luke nadó en su mente como una visión poderosa, con los ojos resplandecientes de ira y odio. Detrás de él acechaba en una neblina, una figura de pelo largo. Lauren se estresó para hacer las características de la figura borrosa, pero la visión desapareció en cuestión de segundos. Lauren no tenía forma de estar segura de si estaba soñando, o si era una premonición a la que su abuela le advirtió que prestara mucha atención. Ojos cerrados pero muy despiertos y sus nervios al borde, ella trató de dar sentido a su visión aterradora.

Una enfermera entró en su habitación. Lauren la miraba a través de los ojos medio cerrados, sin saber por qué esa enfermera específica le dio un mal presentimiento. Las enfermeras iban y venían todo el tiempo, pero había algo que le decía que fuera cautelosa, probablemente su fuerte intuición. Con una jeringa en la mano enguantada, la enfermera se dirigió a la cama de Lauren, agarró el tubo intravenoso e inyectó algo en él. Lauren vio sus ojos abiertos lo suficiente como para ver bajo la protección de sus pestañas. *Una enfermera nunca inyectaría nada en la línea antes de limpiarla con alcohol. No es enfermera.* Pensamientos estaban apareciendo en su mente enviando sus nervios en el borde. *Si se entera de que estoy despierto, quién sabe lo que haría antes de que pueda pedir ayuda. No puedo defenderme, no con las costillas rotas.*

Con los ojos todavía medio cerrados, Lauren se acercó lentamente a su brazo izquierdo debajo de la manta donde la aguja IV fue pegada a su mano, tratando de hacer que sus movimientos parecieran tan naturales como pudo. Lentamente sacó la cinta, sacó la aguja intravenosa y pellizcó el tubo, sin querer lo que acababa de ser inyectado en la vía intravenosa para entrar en su cuerpo o para gotear en la cama. Afortunadamente, la *supuesta enfermera* no parecía darse cuenta.

Después de unos segundos de una espera desgarrándose, la enfermera se alejó, sin comprobar que la intravenosa aún estuviera unida. *Desearía poder ver su cara.* Movió la cabeza lentamente y logró mirar la espalda de la mujer antes de llegar a la puerta. Lauren observó el tapón quirúrgico en su cabeza y la cinta de su máscara atada sobre ella. *Nunca he visto una enfermera sin un estetoscopio y lleva puestos tacones bajos. Todas las enfermeras usan zapatillas o zuecos. ¡Ahora estoy segura de que vino a amatarme!* Lauren gritó en su mente y respiró profundamente para calmarse. Gracias a su mensajero, sabía que tenía que sospechar de todo y de todos. Oyó la puerta abierta y suspiro de alivio cuando vio a Marcia entrando.

—¿Qué pasa? — Marcia preguntó y corrió a su cama.

—¡Gracias a Dios! ¡Estoy tan contenta de que estés aquí! — Lauren gritó. —¡Tengo que salir de aquí, ahora! — Intentó sentarse, pero el fuerte dolor en su costado la hizo caer de nuevo a la almohada.

—¡Espera! Déjame ayudarte. ¿Qué quieres decir con que tienes que salir de aquí? ¡No estás en condiciones de ir a ningún lado! —

—Tengo que hacerlo. Tengo la fuerte sensación de que alguien está tratando de hacer que me maten y podría ser Luke—.

—¿Qué? ¿Por qué? — Marcia gritó.

—Acabo de tener una premonición y tengo una fuerte sensación de que es Luke. —

—¿Luke? Nunca confié en él, ¿pero para matarte? ¿Una premonición? ¿Qué viste? ¡Dime! Me estás asustando. —

—No lo sé con seguridad, pero... ha estado distante y frío. Ha cambiado desde... No... hemos estado casados por tanto tiempo. No sé qué está pasando realmente y por qué. Sólo sé que estoy en peligro y debo salir de aquí y alejarme de él. Una mujer vestida de enfermera acababa de inyectar algo en mi vía intravenosa. Estoy insegura y confundida. ¡Tengo miedo! Tengo que escapar.

—¿Deberíamos llamar a seguridad o a la policía? —

—¿Y decirles qué? ¿Qué podrían hacer para protegerme en base a mi sospecha y sentimiento sin ninguna prueba? Si les contara sobre mi visión, lo más probable es que me admitan en el pabellón psiquiátrico. No, debo irme e ir a un lugar seguro. Tú puedes ayudarme.

—Podrías tener razón. Haré cualquier cosa, pero ¿cómo vamos a sacarte de aquí? —

—Encuentra a Tammy. Confío en ella. Ella nos ayudará. Todavía no estoy convencida de que sea Luke, pero las premoniciones nunca me habían mentido antes. Todo lo que sé es que no estoy a salvo aquí y sólo hay un lugar donde Luke no sabe. Ahora me alegro de no haberle contado lo de la casa de verano que heredé de la abuela. No está muy lejos de aquí, a unas dos horas en coche hasta las montañas de Catskill—

—¡De acuerdo, iré a buscar a Tammy! — Marcia se volvió y se apresuró a salir por la puerta.

¡Kathy! Ella no llamó. Lauren agarró su teléfono y marcó. Después de algunos timbres, la llamada fue al buzón de voz. Lauren no se molestó en dejar un mensaje, se desconectó y le envió un mensaje. *Kathy, ¿dónde estás? ¿Estás bien?*

Marcia volvió con Tammy. Lauren le contó todo lo que sabía.

Tammy la miró con los ojos abiertos, aterrorizada. —Tienes razón. ¡Estás en peligro! Haré todo lo que pueda. —

Lauren se acordó. —Cerré la línea IV para salvar lo que había inyectado en ella. ¿Podría ponerlo en una bolsa de evidencia y media hora después de que nos vayamos, llame a este detective? — Ella le entregó la tarjeta a Tammy. — Quiero saber lo que inyectó en el tubo.

Tammy entró en acción de inmediato. —Por supuesto, voy a hacer lo que me pidió. Sacarte de aquí es fácil. Conseguiré una silla de ruedas y cuando estés listo, crearé un poco de conmoción en el otro extremo del pasillo y Marcia puede empujarte al ascensor—.

Marcia estuvo de acuerdo. —¡Genial! Mi auto está en el estacionamiento de Urgencias. Nadie nos prestará atención si uso exfoliantes y Lauren se cambia de ropa—.

Tammy asintió con la cabeza y mientras caminaba hacia la puerta, sonó el teléfono de Lauren. —¡Kathy! ¿Dónde estás? Dijiste que estarías aquí hace horas—, preguntó Lauren con prisa y puso el teléfono en el altavoz.

—Un idiota robó mi auto mientras estaba en la Tienda Mágica y la policía lo encontró. Tuve que ir a buscarlo porque mi bolso con mi teléfono y mi amuleto estaban ahí. Estoy en camino ahora, estoy a unos diez minutos del hospital—.

—Escucha. ¡Estoy en un gran problema y necesito salir del hospital! —

—¿Qué? ¡Diosa ayúdanos! ¿Qué ha pasado? ¿Qué pasa? — Las palabras de Kathy llegaron en bocanadas que sonaban petrificadas.

—Te lo diré todo más tarde. Marcia está conmigo. Reúnete con nosotros en el estacionamiento de Urgencias. —

—Bien. Estaré allí en diez minutos.

—¿Tienda mágica? ¿Hechizos? ¿Qué está pasando? — Marcia preguntó mientras caminaba hacia el armario para conseguir la ropa de Lauren.

—Es hora de que lo sepas, y te diré todo en el camino a la casa de verano. Lo siento, no te lo dije antes, pero siempre te has burlado de Kathy por ser parte del aquelarre—.

—Sí, lo hice... porque siempre ha hablado de brujas y me vuelve loco con sus velas y hierbas ardientes. Eres... ¿Eres una bruja también? —

Lauren insinuó el dolor tratando de desatar su vestido de hospital. Marcia llegó a la cama con unos pasos rápidos y la ayudó. Lauren suspiró. —No, no soy una bruja practicante, pero la abuela lo era. Kathy se hizo cargo de su organización cuando falleció el año pasado. Te lo diré todo cuando estemos a salvo en el coche.

Tammy abrió la puerta empujando una silla de ruedas con una gran bolsa de plástico llena. —Aquí. — Le dio unas palmaditas en la bolsa. —Puse gasa, cinta adhesiva y todo lo que necesitas para vestir tu herida quirúrgica, y también un kit de arranque intravenoso y dos bolsas de antibióticos salinos e intravenosos que serán suficientes durante cinco días. Necesitarás líquidos intravenosos durante al menos otro día. Aquí están los matorrales para ti, Marcia. Sacó los exfoliantes verdes doblados de debajo de la bolsa.

Marcia rápidamente se puso los exfoliantes sobre sus jeans y su camiseta.

Lauren atragantado logró decir: —¡Gracias, Tammy! —

—No te pongas desaliñada conmigo ahora. — Al meterse en el bolsillo, se secó la lágrima y le entregó una botella de medicamentos a Lauren. —No puedo sacar ningún analgésico del Pyxis, perdería mi licencia por eso, pero te conseguí una botella de Tylenol—. Se inclinó para ponerse los calcetines y zapatos de Lauren.

Todos vestidos y Lauren sentada en la silla de ruedas estaban listos para ir. —Déjame ir a hacer un poco de caos en la habitación de la señora Bentley. Buena suerte con su escape y llámeme tan pronto como pueda. Ella hizo un guiño a los dos y se fue.

Unos minutos más tarde un código sonó a través del altavoz y escucharon correr pasos. Marcia abrió la puerta de par en par y cuando no vio a nadie en el pasillo, empujó a Lauren en la silla de ruedas hacia los ascensores. Entraron sin ser detectados y bajaron a la planta baja. La sala de espera de urgencias estaba llena y nadie les prestó atención cuando salieron por la entrada de la ambulancia.

Kathy corrió hacia ellos y abrazó a Lauren, llorando. — Estoy bien. Dame todo lo que necesito para el hechizo. Te lo contaré todo más tarde. Vamos a las Catskills. —

—No vas a ir a ninguna parte sin mí. ¡Yo también voy! — Kathy anunció más fuerte de lo que debería. Una pareja caminando hacia la entrada los miró sospechosamente.

Marcia puso el freno sobre las ruedas y ayudó a Lauren a ponerse de pie. —Genial! Subamos al auto—, dijo abriendo la puerta lateral de su minivan. —También vamos a tomar la silla de ruedas. La necesitarás por unos días—.

—¡Tú ladrón de hospital, tú! — Kathy se rió rompiendo el estado de ánimo ansioso.

—¡Lo voy a traer de vuelta! — Marcia protestó mientras doblaba la silla de ruedas y la puso en la parte de atrás. Kathy se subió a la furgoneta y bajó el asiento trasero a la posición reclinable de Lauren. Lauren gritó con dolor ascendiente. Cuando estaba sentada, sacó un Tylenol de la botella y se lo tragó en seco.

—Estos zapatos me están matando—, murmuró Kathy quitándose las bombas y metiéndolas en su bolso.

Marcia se sentó en el asiento del conductor y salió del estacionamiento, dirigiéndose hacia el East River Bridge.

Capítulo 5

En el largo viaje después de que el dolor de Lauren disminuyera, le dijo a Kathy todo lo que sabía.

—¡El bastardo! — Marcia gritó. —Nunca confié en ese perro de mala cara. ¿No te lo había dicho, Kathy?

Kathy asintió. —Yo tampoco confié en él, pero Lauren lo amaba y parecía tratarla bien—.

—¡Esa rata sucia! — Marcia se enfadó.

Lauren gritó: —Yo confiaba en él. ¿Podría ser él detrás de todo esto o lo estoy imaginando? — Preguntó a sus mejores amigas.

Kathy se desplazó en su asiento dirigiéndose hacia Lauren. —No sé, no hay otra prueba que sus sentimientos. ¿Qué hay de su secretaria? Es una mujer atractiva y lo suficientemente fuerte como para dejarte inconsciente. ¿Alguna vez sospechó que tienen una aventura? —

Lauren suspiró. —Lo hice por un tiempo, pero siempre actuó muy profesionalmente con ella y a veces incluso era grosero con ella. Una vez, cuando hicimos una fiesta e invitó a todos sus amigos abogados y a algunos clientes ricos, le dije que invitara a Chloe también. Me dijo: '¿Por qué debería invitarla? Ella es sólo una secretaria en mi oficina. Su tono era de desprecio, y me convenció de que no tenían una aventura.

—No es por defender a Luke, pero ¿por qué te querría muerta? Tal vez su secretaria te quiere fuera del camino y actuó solo. Marcia especuló. —Asunto o no, o lo que sea que esté pasando, sus intuiciones nunca le mintieron. Usted hizo lo correcto para alejarse de él.

Pasaron el resto del viaje en pensamientos profundos y Lauren finalmente se quedó dormida. Su teléfono la despertó. Fue Luke. No contestó, dejándolo ir al buzón de voz. Unos minutos más tarde puso el teléfono en el altavoz para que Kathy y Marcia pudieran escuchar el mensaje.

Escucharon la voz ansiosa de Luke. —¿Dónde estás, cariño? El hospital acaba de llamar que te fuiste, y nadie sabe dónde estás. ¡Estoy preocupado! Por favor, llámame tan pronto como recibas esto. —

Lauren apagó su rastreador GPS y su teléfono.

Capítulo 6

La casa de verano se sentaba en lo profundo del bosque, en la falda de un pequeño pueblo de montaña. El césped estaba segado, y todo parecía estar en orden mientras entraban y los faros iluminaban el patio delantero. Aunque no había estado aquí por años, Lauren pagó a una pareja en la ciudad para mantener la casa y el patio.

Incluso si no le había contado a Luke sobre el lugar, no había razón para pensar que estaba a salvo. *Luke podría de alguna manera saber acerca de él.* Respirando profundamente, con su corazón latiendo, Lauren caminó hacia la puerta principal aferrándose al brazo de Kathy. —Debemos realizar el hechizo de protección antes de hacer cualquier otra cosa—, susurró.

—Cierto. Tengo todo aquí. — Kathy levantó su bolso y guiñó un poco de dolor pisando una pequeña piedra descalza.

—Dios! ¿Por qué no te volviste a poner los zapatos? — Marcia exclamó.

—Es nuevo y me duele los dedos de los dedos de los ojos—, ofreció Kathy.

Lauren abrió la puerta y se dirigieron hacia el cuarto de atrás que su abuela solía realizar hechizos. Su mano apretando en el brazo de Kathy, Lauren trataba de frenar el fuerte latido de su corazón. Definitivamente se sentirá más segura una vez que lanzaran el hechizo, que siempre la había protegido en el pasado.

Al entrar en la habitación Lauren sintió la cálida presencia de su abuela. Se acercó al pequeño altar donde colocó las fotos de su familia hace años y encendió las velas. Arrodillada, Kathy comenzó a sacar todo lo necesario de la bolsa para realizar el hechizo. Cinco velas: rojo, verde, azul, negro y gris. Las colocó en los puntos del pentagrama que fue tallado en el suelo de madera.

Lauren recordó la última vez que estuvo allí con su abuela. Habían hablado de la historia del pentagrama, de cómo había sido tallado en el suelo por uno de sus antepasados, una mujer que necesitaba estar a salvo de su amante abusivo.

Cuidadosamente, Kathy mezcló las hierbas en un cuenco de madera delicadamente tallado. Añadió angélica, canela, equinácea, consuelda y artemisa, sin querer derramar ninguna al suelo. Si hubiera habido suficiente tiempo, ella habría planeado el día y el tiempo mucho mejor, pero Lauren sabía que el hechizo tenía que hacerse tan pronto como fuera posible. No podían esperar a la luna llena. El Cuervo estaba haciendo lo que podía para advertirle, pero no podía protegerla.

Marcia se paró en la esquina en silencio y vio cada movimiento que hacían sus mejores amigos. Kathy se sentó en el suelo con las piernas cruzadas y encendió las velas una por una, de color rojo para empezar y de negro para terminar, sintiendo el edificio de energía dentro de ella. Lauren se alivió a una posición sentada en Kathy. Cerraron los ojos y reunían sus poderes al comenzar el canto que se transmitía de madre a hija en la familia de Lauren durante muchas generaciones.

En silencio ambas llegaron al tazón y rociaron las hierbas a su alrededor. Enfocadas, dejan que su poder se hunda en el pentagrama y lo dejan rodearlas. Se sentaron en silencio absorbiendo el poder protector del espíritu lobo.

Marcia las vio hipnotizadas, conteniendo la respiración. *Es tan hermoso. Puedo sentir* un *fuerte poder y parecen estar brillando a la luz de las velas. Nunca volveré a burlarme de Kathy.*

Después de terminar el hechizo Lauren sintió que algo andaba mal. Mientras Kathy sacó las hierbas del suelo, corrió a través de cada movimiento que hicieron en su mente. Lauren recordó a Kathy cantando las palabras correctas y usó las hierbas correctas. Sin embargo, encendió la vela roja primero. Aunque Lauren nunca realizó este hechizo de protección en particular, ella sabía lo suficiente de su abuela para saber que cuando el espíritu lobo se llama la vela negra debe ser encendida primero. *Tal vez estaba nerviosa y se olvidó. No me di cuenta del cambio de velas hasta ahora.* En lo más profundo de los pensamientos, ella no dijo nada.

Lauren se balanceó un poco caminando a la sala de estar. Marcia puso su brazo alrededor de su cintura. —Estás exhausta. Necesitas descansar. —

Lauren estuvo de acuerdo y apenas podía esperar para entrar en la cama. Se durmió tan pronto como su cabeza golpeó la almohada. Tammy llamó a Marcia y le dijo que llamó al detective y le dio la bolsa intravenosa con el tubo. Ella les dijo a todos en su turno que no vio a Lauren salir, pero la llamó desde el auto y le pidió que le informara al detective sobre la mujer que entraba en su habitación. Marcia puso el teléfono en la mesita de noche y se acurrucó en la cama grande junto a Lauren.

Capítulo 7

A la mañana siguiente Kathy condujo a la ciudad para recoger alimentos y Marcia conectó los líquidos y antibióticos intravenosos de Lauren. Lauren se sintió un poco mejor después de que Marcia se cambiara las vendas y se instalara en el sillón grande y cómodo de su abuela. Encendió su teléfono y revisó sus mensajes. Hubo diez llamadas de Luke. Ella no tenía ningún deseo de escuchar los mensajes.

Pasaron las siguientes horas esperando y planeando ansiosos. —¿Qué voy a hacer? — Lauren lloró desesperación.

—Va a funcionar por sí mismo, ya verás—, le aseguró Marcia. —Veo ahora lo poderoso que es el hechizo, lo sentí en cada célula de mi cuerpo anoche. Te protegerá, y el Cuervo tampoco apareció desde entonces. Descansa y concéntrate en recuperarte—.

—No estoy segura de eso. Algo anda mal con el hechizo. Después me di cuenta de que Kathy cambió las velas. Pero no estoy segura. Ella es la bruja practicante; yo sólo soy una aficionada. Bueno, ella sabe mejor, supongo...—

—Estoy segura de que sabe lo que está haciendo. Fue increíble. Sentí el calor y la sensación de paz inundando mi cuerpo mientras ustedes cantaban—. Marcia le aseguró.

—¿Qué voy a hacer con el bebé? — Lauren sollozó. — Ahora que tengo una fuerte sospecha y ya no confío en Luke, estoy sola. —

Marcia la abrazó fuerte. —No estás sola mientras estemos vivas. Somos mejores amigas y estoy aquí para ti, pase lo que pase—.

Marcia estuvo pensando profundamente por un minuto. —¿Y si contratamos a un detective privado? Oí hablar de una buena en Brooklyn. Si hay algo de suciedad en Luke en absoluto, que va a oler.

—Es una buena idea. — Lauren se levantó. —Al menos sabría algo. En este momento, sólo tengo una corazonada y mi intuición. Nada más.

—Voy a googlear su número, ahora. —

Escucharon un coche entrando en la entrada y hubo un golpe en la puerta unos segundos más tarde. Marcia saltó al sonido. —¿Quién podría ser? —, Susurró buscando el rifle cargado que colocó en la mesa de café después de que Kathy se fue. Ella pasó de puntillas hacia la puerta cuando oyó un golpe más fuerte y la voz de un hombre. — ¿Dra. Bailey? Mi nombre es Ben Sims. Soy detective privado y necesito hablar contigo. Se trata de tu marido, Luke. —

Marcia, de pie junto a la puerta, gritó: —Muéstreme sus credenciales. Sostenlas hasta la pequeña ventana de la puerta. —

El hombre hizo lo que le dijeron, retuvo su licencia. —Es quien dice ser—, informó Marcia Lauren. —¿Debería abrir la puerta? —

Lauren asintió, Marcia abrió la puerta un poco y dio unos pasos hacia atrás apuntando el rifle a la puerta. Ella le advirtió al hombre: —Si estás armado, deja tu arma afuera. Voy a abrir la puerta, pero cualquier movimiento equivocado y será volado en pedazos por un rifle de caza.

—Estoy desarmado. — Llegó la voz del hombre. —Mi arma está en mi coche. — Un hombre alto y atractivo abrió la puerta lentamente y barrió la habitación con sus ojos azules profundos. Rastrilló una mano a través de su cabello rubio y ligeramente peludo, estudiando a las mujeres.

Levantar una ceja Lauren preguntó: —¿Qué hay de mi marido? —

—Te quiere muerta. Hace una semana, uno de mis informantes sin hogar me dijo que estaba buscando a alguien que matara a su esposa. Le prometió doscientos mil dólares para matarte y posiblemente hacer que pareciera un accidente—.

—Por favor, entre y siéntense. — Lauren lo invitó a entrar. Marcia no bajó el rifle, sospechando aun del hombre.

Ben tomó asiento y continuó. —Le dije a mi informante que tomara el trabajo para evitar que su esposo buscara a otra persona, y comencé a buscar sus asuntos. Por lo que pude encontrar, es evidente que su negocio está fallando. Perdió mucho dinero apostando y tomó un gran préstamo de la mafia. Sabe que lo matarían si no recuperan su dinero a tiempo—.

Lauren respiró profundamente y las lágrimas llenaron sus ojos. —No me dijo nada. Actuó como si todo estuviera bien, pero sabía que algo andaba mal—.

—Hay más. He descubierto por el vecino de su secretaria que han estado teniendo una aventura. Nunca ha sido visto en su apartamento, pero ella le dijo a su vecino que ella está saliendo con un hombre rico y después de que él se divorcie de su esposa, él se casará con ella—.

—Pero él no recibiría dinero si nos divorciamos o su infidelidad fue probada. — Lauren se preguntó.

—Sí —intervino Ben—. —Investigué su acuerdo prenupcial también. De acuerdo con eso, en caso de tu muerte y si murieras sin hijos, él heredaría quince millones de dólares, tu herencia total de tus padres y abuela. Si hubiera un niño, el niño lo heredaría todo—.

—¡Ese bastardo! — Marcia gritó con ira. —Por eso era urgente que matara a Lauren antes de que el bebé naciera—.

Ben continuó. —Pensé que tenía más tiempo para profundizar cuando me enteré del ataque en su oficina y en el hospital de un amigo detective. Sabía que el atacante no era mi informante porque le instruí que le pidiera a su marido los detalles de su horario para que pueda hacer un plan. Conozco al jefe de seguridad del hospital y me dejó ver las cintas de vigilancia. Reconocí a la mujer caminando hacia el ascensor con uniforme. Fue tu secretaria, Kathy.

—¿Qué estás diciendo? ¿Que mi mejor amiga trató de matarme? — Lauren sollozó incontrolablemente y Marcia bajó el rifle y la abrazó fuertemente con un profundo impacto en su rostro.

—¿Estás segura? — Marcia le pidió que temblaba la voz. — Hemos sido mejores amigas desde la secundaria. —

Ben asintió y suspiró. —Estoy seguro. Después de cerrar la puerta de la Dra. Bailey, se quitó la máscara y el capuchón quirúrgico antes de entrar en el ascensor. Pero permítanme continuar. Tenía todas las pruebas que necesitaba, así que esta mañana le di todo a la policía. Han arrestado a Luke y, de camino aquí, vi a su secretaria en la ciudad. La sorprendió mientras estaba poniendo bolsas de comestibles en una minivan. La esposé y la llevé a la comisaría. La arrestaron y la llevaron a Nueva York. Serán acusados de conspiración para cometer asesinato. Ya no tienes que tener miedo. Puedes irte a casa. —

—Marcia preguntó con sospecha en su tono: —¿Cómo supiste que Lauren estaba aquí? —

—Oh, eso fue fácil. Tengo conexiones y mi contacto revisó el rastreo GPS en el teléfono de Lauren. Estaba apagado, pero luego revisé el teléfono y conseguí la ubicación exacta de esta casa—.

—¡No puedo creerlo! — Lauren sollozó. —Ella era nuestra mejor amiga, Marcia. Nunca sospeché nada.

—Yo tampoco. — Marcia abrazó a Lauren y miró a Ben. — Dijiste que fue Kathy quien intentó matarla en el hospital. ¿Averiguaron quién la atacó en la oficina? —

—Sí. Fue Luke. Miró la cara afligida de Lauren con simpatía y compasión.

El teléfono de Lauren sonó; fue el detective O'Connor. —Dra. Bailey, le llamo para informarle que hemos arrestado a su marido. Gracias a un detective privado, Ben Sims, tenemos suficientes pruebas para acusarlo de intento de asesinato—.

—Está aquí. Me está explicando lo que había pasado. ¿Estás seguro de que fue Luke quien me atacó en la oficina? Lauren preguntó, sollozando.

—Sí. Después de la evidencia que Ben proporcionó, recibí una orden de registro y encontramos guantes de cuero ensangrentados en su auto que coinciden con tu tipo de sangre. Además, obtuve el resultado de la sustancia en el tubo IV. Se le inyectó una dosis fatal de insulina. Después de revisar las cintas de seguridad, hemos encontrado la máscara desechada, la tapa, la botella de insulina, la jeringa y los guantes en una bolsa de basura que se recogió de la sala de espera de urgencias esta mañana. En la cinta, es claramente visible como su secretaria se deshizo de los artículos. El técnico fue capaz de levantar huellas dactilares utilizables desde el interior de los guantes. La tomaron las huellas dactilares antes del transporte y es una coincidencia—.

Lauren respiró hondo. —Me siento devastada, pero me alegro de que haya terminado. —

Capítulo 8

Pasaron meses en nerviosa espera. Lauren solicitó el divorcio y dio la evidencia de su infidelidad; el procedimiento fue sin problemas con sus abogados presentes. Por suerte, Lauren no tenía que estar allí, y Luke firmó todo lo que necesitaba para divorciarse de él. Finalmente, llegó la fecha de la corte. Para Lauren, con el embarazo ya avanzado, sentarse en la sala era emocional y físicamente duro. Luke no la había mirado ni una vez, pero Lauren no había pensado que lo haría. Parecía roto sentado al lado del defensor público con los hombros encorvados. La prueba que Ben proporcionó y la policía encontró, así como el testimonio del indigente que intentó contratar, haciendo extremadamente improbable que fuera encontrado inocente.

Cuando llamaron a Lauren al estrado, les contó todo lo que sabía. Antes de ponerse de pie, miró a Luke gritando: —¿Cómo pudiste hacerme esto? —

Luke se sentó allí; ojos fijos en la mesa delante de él. Nunca levantó los ojos para mirarla.

Después de testificar, Ben se sentó con Lauren y Marcia en la sala durante todo el juicio. Sin ellos allí, todo habría sido mucho más difícil. Lauren respiró profundamente mientras esperaban en el jurado principal para ponerse de pie.

—Luke Conway, te hemos encontrado culpable de todos los cargos. —

Por un momento Lauren miró al hombre que estaba allí, incapaz de creer que había oído esas palabras. Se acabó. No más esperas para saber qué podría pasar después. Luke estaría en la cárcel por mucho, mucho tiempo.

El juicio de Kathy fue programado para la semana siguiente y gracias a las pruebas abrumadoras, su sentencia fue la misma. Cuando la esposada Kathy, Lauren no podía evitar querer respuestas. Se puso de pie y gritó: —¿Por qué? ¿Por qué lo hiciste, Kathy? ¿Qué te hice para merecer esto? —

—¿Qué? Estúpida y rica perra—, gritó Kathy con tanto odio en su cara que sacudió completamente a Lauren. —Tú tenías todo, y yo no tenía nada. Te quité a tu marido, pero quería todo lo que tenías. ¡Te odio! Te maldigo a ti y al niño bastardo que crece en tu vientre. —

Los guardias se la llevaron y Lauren se derrumbó hasta la silla. Marcia y Ben la ayudaron y trataron de consolarla.

***

Cuando llegó la luna llena, Lauren pidió protección al espíritu del Lobo. Esta vez realizó el hechizo correctamente con la ayuda de la organización de su abuela. Estaban devastadas por el hecho de que Kathy traicionó a la hermandad, y limpió la casa y la oficina de Lauren.

Finalmente, Lauren pudo seguir adelante con su vida.

Ben la llamó al día siguiente. —La mafia no está satisfecha. O lo matarán en prisión, o podrían ir tras de ti por el dinero. Mi informante dice que Luke les debe cien mil.

—Por mucho que lo odie, no lo quiero muerto. Voy a darles el dinero. Lauren decidió. —Pero ¿cómo lo haría? —

—Dame un día, voy a tratar de averiguar. —

Al día siguiente Ben y Lauren se encontraron con un hombre de aspecto raro en una cafetería. El joven le advirtió que si estaba pensando en involucrar a la policía, estaría en un gran problema.

—No lo haré, sólo dime qué hacer. —

—Transfiera el dinero a esta cuenta—, le susurró el hombre entregándole un pedazo de papel.

—Bien. — Lauren abrió su Chromebook, inició sesión en su cuenta y marcó los números. Después de revisar los números, ella hizo la transferencia.

El hombre miró su teléfono durante unos minutos y luego asintió. —Todo hecho. — Se puso de pie y se fue.

—¿Me dejarán en paz? — Lauren preguntó.

—Estoy seguro de que lo harán—, le aseguró Ben. —El honor criminal y su reputación no les permiten hacer lo contrario. No tenían nada en tu contra, y obtuvieron su dinero. Te dejarán a ti y a Luke en paz. —

—Gracias por todo. —

—Haría cualquier cosa por ti—, confesó Ben mirándola a los ojos con calidez y nostalgia.

Epílogo

—Me gusta Ben. Me gusta mucho, mucho—, le dijo Marcia a Lauren muchas veces. —Siento sus buenas vibraciones y la forma en que te mira... el tipo está enamorado de ti, amigo mío.

—¡Muy bien! — Lauren se rió. —Soy tan grande como una casa. Ya ni siquiera puedo ver los dedos de mis pies—.

Lauren decía que no estaba preparada para ninguna relación, pero Ben era especial en maneras que nunca había sabido que una persona podría ser. Tal vez nunca amó realmente a Luke. Tal vez le había encantado el Luke que pensaba que conocía, mientras el verdadero Luke se escondía de ella todo el tiempo.

Pasaron más y más tiempo juntos y Lauren se sentía segura y feliz. Cuando entró en trabajo de parto, llamó a Ben y le preguntó si le gustaría estar allí. Ben corrió al hospital y con Marcia a su lado, sostuvo la mano de Lauren durante el parto.

Lauren se tomó un tiempo libre, pero le pagó a Marcia su salario regular. Pasó la mayor parte de cada día en el apartamento de Lauren cuidando de la bebé Isabelle y Lauren. Ben venía a pasar la noche con ellos todos los días después de que Marcia se fuera. Lauren confiaba en él de una manera que nunca había confiado en Luke. Ben era diferente, y no decirle todo sobre sí misma se sentía mal de una manera que nunca tuvo con Luke.

Una noche se sentaron junto a la chimenea bebiendo vino y viendo a Isabelle tocando en la alfombra suave. Ella lo miró. Estaba esperando, sin empujar, otra señal de quién era, y eso era una señal de que ella podía ser honesta con él.

—Ella es tan hermosa. — Ben vio a Isabelle acobardar mientras abrazaba un peluche suave en el pecho. —Tan hermosa como su madre—, anunció que miraba a Lauren a los ojos y levantaba la mano a los labios. —Te quiero, Lauren. Me enamoré de ti el primer día que nos conocimos—.

El corazón de Lauren se saltó un latido. —Eres una buena persona, Ben. Creo que también me estoy enamorando de ti. Pero hay cosas que quiero que sepas de mí—.

—No importa lo que me digas, nada cambiará lo que siento por ti e Isabelle. —

Lauren apretó la mano y comenzó. —Cuando tenía ocho años, me quedé con vida cuando perdí a mis padres y a mi hermano porque... por lo que soy. — Suspiró. —Hay un cuervo, mi animal espiritual. Me advierte cuando van a pasar cosas malas. No lo sabía entonces, pero después de la tragedia, me di cuenta de que cuando aparece, necesito lanzar un hechizo de protección. La mañana en que perdí a mi familia, apareció el Cuervo, pero no sabía lo que significaba. De repente, sentí náuseas y mamá decidió que no debía ir de viaje con ellos y quedarme en casa con la abuela. Esa noche el Cuervo vino de nuevo, pero la abuela llegó demasiado tarde con el hechizo por mi culpa. Debí haberle contado lo del Cuervo cuando lo vi por primera vez. Me culpé a mí misma durante mucho tiempo hasta que finalmente, lo entendí. El Cuervo no se le apareció a mi madre porque era su destino morir ese día con mi papá y mi hermano—.

—Así que eres una bruja—, observó Ben sonriendo.

—No soy una bruja practicante y como no estaba interesada en convertirme en una, mi abuela me enseñó sólo el hechizo de protección—.

—Mi madre pertenece a una organización de brujas en Long Island—, divulgó Ben. —Creo que es hora de que hayas conocido a mi familia. —

—Creo que es hora también. — Lauren se inclinó hacia Ben. Se miraron con amor durante unos segundos y compartieron un suave beso.

Fin

La poción

Una poción de amor hecha
con prisa por celos

Prólogo

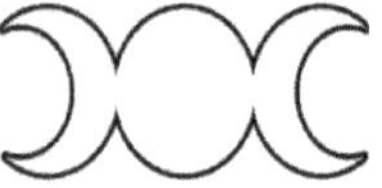

Cordelia, la suma sacerdotisa del Aquelarre Ravenwood, se paró frente al altar encendiendo las velas una por una. La habitación estaba oscura, y la parpadeante luz de las velas proyectaba sombras espeluznantes en las paredes. Su cabello estaba recogido en un moño, y su figura escultural se escondía bajo su larga capa encapuchada. Ella sostuvo los brazos en alto, recitando una oración.

Dama de la Luna
Permite que mi mente esté en sintonía
Necesito tu guía
Señor del Amanecer
Escucha mis humildes lamentos
Necesito tu guía.

Cordelia tiró de su larga capa, se dio la vuelta con tres copas de plata en una bandeja, y miró fijamente por un largo rato a las mujeres y al hombre, quienes estaban sentados uno al lado del otro con aspecto nervioso. Su expresión severa les envió profundos escalofríos a través de sus espaldas. Los alcanzó en pocos pasos cortos y se paró por sobre ellos antes de entregarles las copas.

— ¡Beban! —Su estruendosa voz llenó la habitación.

Olivia, una joven delgada de cabello oscuro; Candice, la rubia de figura atlética; y Dorian, un joven de cabello oscuro, intercambiaron miradas nerviosas. Tomaron las copas con las manos temblorosas, las llevaron a sus labios y bebieron el líquido rojo-rubí. Sus expresiones cambiaron. Parecían estar en un profundo trance.

La suma sacerdotisa observó al trío durante un minuto y luego preguntó:

— ¿Desean convertirse en aprendices del Aquelarre Ravenwood?

—Sí—, llegó la respuesta de los tres jóvenes acólitos al unísono.

— ¿Prometen seguir las reglas del Aquelarre y prometen practicar solamente magia blanca?

—Sí, lo prometo—, respondieron los tres.

— ¿Prometen ser leales al aquelarre y a sus miembros, y prometen no competir el uno con el otro o estar celosos de los demás?

—Sí, lo prometo—, respondieron Olivia y Dorian sin dudarlo, pero la respuesta de Candice llegó un segundo después:

—Lo intentaré.

Cordelia respiró hondo. *Le daré una oportunidad porque su abuela es una de los Ancianos, pero la vigilaré de cerca.* Ella dio un aplauso, y los jóvenes acólitos salieron del trance, pareciendo un poco aturdidos y confundidos.

—Bienvenidos al Aquelarre Ravenwood—, anunció Cordelia. —Ahora son aprendices. Será un largo camino, y los próximos meses no serán fáciles. Estudiarán y practicarán duro antes de que puedan convertirse en brujas y brujo. Buena suerte a todos ustedes.

Capítulo uno

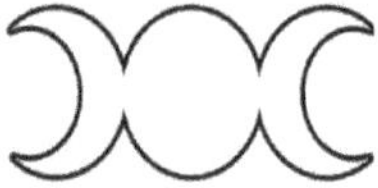

Cuando Olivia pasó el examen de ingreso y fue aceptada como aprendiz en el Aquelarre, fue el mejor día de su vida. Su padre y su abuela la habían estado preparando desde que era una niña, a pesar de la objeción de su madre. Sus padres eran felices juntos y vivían en armonía, excepto por peleas ocasionales entre ellos sobre la tradición familiar.

Su madre, Gloria, se opuso.

— ¿Por qué tiene que ser una bruja? ¡Yo no lo soy, y somos felices!

—Porque es nuestra tradición familiar, y lo sabías cuando te casaste conmigo. ¿Recuerdas? —Xavier, el padre de Olivia, respondió con cariño.

— ¿Por qué te casaste conmigo? Sabías que yo era diferente y nunca quise tener nada que ver con la brujería.

—Porque la mariposa azul me lo dijo—, dijo Xavier.

— ¿Una qué? ¿Estás perdiendo la cabeza? —Gloria preguntó, sintiéndose alarmada y preocupada.

—Nunca te dije esto… porque nunca quise que me miraras de la forma en la que me estás mirando ahora. —Bajó la cabeza y tragó fuertemente. Luego miró a los ojos de su esposa y continuó: —Mi familia está protegida por guardianes, y se comunican con nosotros haciendo que las mariposas de diferentes colores aparezcan para mostrarnos el camino correcto. La mariposa azul que me enviaron el día que te conocí fue para mostrarme que éramos almas gemelas.

— ¡Eso es tan dulce! Aterrador, pero dulce. Y sí, somos almas gemelas, cariño. Pero no recuerdo haber visto una mariposa—, dijo, mirando fijamente a su marido.

—Solo nosotros podemos verlas. Funcionan como detectores de las intenciones de la gente. Eres una persona buena, honesta y leal. Es por eso por lo que los guardianes me mostraron la mariposa azul.

—Ooh… Pero aun así, Olivia no tiene que ser una bruja—, protestó débilmente, cruzando los brazos sobre el pecho.

—Te dije antes de casarnos que nuestros hijos se unirían al Aquelarre cuando cumplieran dieciocho años, y tú aceptaste—, replicó Xavier.

—Sí, pero... estaba esperando que cambiaras de opinión—, respondió su esposa con un tono de voz más tranquilo. — ¡Está bien, está bien! Solo que... no me tiene que gustar.

—Deberías estar orgullosa de ella, cariño. Le fue muy bien en el examen de ingreso. Ella será una gran bruja.

—Estoy orgullosa de ella, y sé que quiere seguir tus pasos. Es sólo que tenía un futuro diferente en mente para ella. Le encanta la ciencia, y esperaba que quisiera seguir ese camino.

—Y lo hará. Ella puede ser una gran científica o investigadora, y también una bruja.

***

Candice disfrutaba ser popular y realmente nunca había querido convertirse en bruja, pero como su abuela insistió, aplicó para ser aprendiz. Su madre estuvo ausente la mayor parte de su vida, persiguiendo sueños e ideas fugaces. La única persona estable en la vida de Candice era su abuela.

Aunque Candice pasó el examen de ingreso, lo que hizo feliz a su abuela, estaba más interesada en ir de fiesta que en estudiar hechizos y pociones. La idea de seguir reglas estrictas y estudiar todo el tiempo la aburrió, pero su interés apareció de repente cuando se enteró de que Dorian también se había unido al Aquelarre.

Ella prefería salir de fiesta con los chicos atléticos del equipo de fútbol, pero cuando se dio cuenta de que Olivia y Dorian estaban desarrollando algo más que una amistad, se puso celosa de su cercanía y de su felicidad. Ella quería ser feliz como ellos; ella lo quería a él. Trató de iniciar conversaciones con él, le pidió que fuera a una fiesta con ella, y le pidió que estudiara pociones y hechizos con ella. Pero Dorian le dio una excusa educada cada vez.

Sintiéndose frustrada, Candice confió en su abuela.

— ¡Están pasando juntos todo su tiempo libre y comenzaron a salir! ¿Cómo puede gustarle ella? Es tan simple y rara. De acuerdo, es una persona bondadosa, pero aun así. Soy una porrista y la chica más bonita de la escuela. ¿Cómo puedo no gustarle?

—Eres la más bonita, corazón—, la arrulló su abuela, abrazándola. —Él está interesado en ella, así que déjalos ser. Hay más chicos. Parece que la maldición familiar también te sigue como una sombra. —Su abuela suspiró.

— ¿Qué maldición? —Candice preguntó.

—Estamos malditos a querer siempre lo que no podemos tener.

— ¡No, abuela! ¡Lo quiero para mí! Quiero salir en una cita con él, que mis sentimientos sean correspondidos. Quiero ser su novia, pero no, tuvo que pedírselo a Olivia, a la dulce y aburrida Olivia. Lo único que le importa es la escuela y ser aburrida. Soy popular y estoy llena de entusiasmo por la vida. ¿Qué tiene ella que yo no tenga?

—Nada, querida. Es una chica sencilla y aburrida, como lo era su abuela. Hacen una buena pareja; Dorian tampoco es una persona interesante. Incluso si te hubiera invitado a salir a ti en lugar de a Olivia, te aburrirías de él al poco tiempo.

—No, abuela. ¡Lo quiero! Voy a encontrar una manera de hacer que se enamore de mí.

—Y así, la maldición de la familia continúa... —la anciana murmuró por lo bajo, sintiéndose triste y frustrada.

53

Capítulo dos

Candice y Olivia eran estudiantes de último año en el bachillerato, y ambas provenían de una larga línea de brujas y brujos. Realmente nunca habían hablado entre sí antes de que ambas se convirtieran en acólitas del Aquelarre Ravenwood. Candice era una porrista hermosa y popular, siempre usando ropa colorida. Olivia era una tímida solitaria, siempre vestida de negro. Candice pasaba el rato con las porristas y a menudo humillaba a Olivia públicamente, o a veces publicaba cosas degradantes sobre la gente gótica en redes sociales para burlarse de ella.

La suma sacerdotisa les había advertido que no le contaran a nadie sobre el Aquelarre. Lo mantuvieron en secreto y Candice rara vez le hablaba a Olivia en la escuela. Hablaba con ella solo cuando necesitaba de su ayuda. Un día, durante el almuerzo, Candice sorprendió a Olivia acercándose a ella en la mesa *friki*. Cuando Candice se sentó, Olivia observó la mariposa de alas marrones flotando sobre su cabeza. *Ella es una mala persona. Papá me advirtió sobre la gente con mariposas marrones. Debo tener cuidado*, pensó Olivia.

Candice se inclinó más cerca de Olivia y dijo en un tono silencioso:

— ¡Estoy en problemas! No tuve tiempo de practicar, y tendremos que realizar un hechizo de protección esta noche. Tienes que ayudarme.

Olivia la miró con incredulidad.

— ¿No practicaste? Estudiar para la escuela y memorizar el hechizo y el ritual me mantuvo despierta la mitad de la noche.

—Tuvimos práctica de porristas, y después de eso, fuimos a una fiesta. Estaba demasiado cansada. Ser animadora es un compromiso, y a veces no es fácil mantenerse al día con los demás. Siempre tienes que fingir estar alegre y feliz, incluso cuando no lo estás. Y siempre tienes que hacer todo como grupo. No podía decirles a las chicas que necesitaba estudiar un hechizo mágico de protección, ¿o sí? Además, nos divertimos mucho anoche. El equipo de fútbol se unió a nosotras. —Candice sonrió, y su coleta rubia rebotó mientras se movía en su asiento impacientemente.

—Puedo imaginarlo. Tal vez debería haberme unido al equipo de porristas en vez de al equipo del laboratorio de ciencias—, dijo Olivia con sarcasmo.

—Sabes que no lo habrías logrado. No eres lo suficientemente flexible... y de todas formas, una chica simple como tú no sería aceptada. — murmurando, Candice se dio la vuelta.

Su tono burlón lastimó los sentimientos de Olivia. Ella sabía que Candice no se preocupaba por ella; ella sólo la toleraba y la usaba, pero no podía decir que no.

—Bien, te ayudaré. —Ella ayudó a Candice a memorizar el hechizo en el recreo, y el día pasó rápidamente.

***

De camino a casa, Olivia estaba pensando en sus crecientes sentimientos por Dorian. Lo vio por primera vez cuando su familia se mudó a la ciudad para estar más cerca de su abuela enferma cuando estaban en noveno grado. Él le gustaba y esperaba en secreto que un día ella también le gustara a él. Pero en el fondo nunca pensó que le gustaría una chica como ella, hasta hace poco, cuando él se unió al club de ciencias y fue aceptado en el Aquelarre. Él era amable con Olivia y no le importaba su apariencia. Se habían convertido en mejores amigos. Estaba interesado en la persona genuina que era.

Su corazón se sentía cálido cada vez que lo veía, y fantaseaba mucho sobre él. Un día, cuando estaban en décimo grado, ella estaba yendo de regreso a casa después de ir a la tienda y lo vio en la entrada de la casa de su abuela a un lado. Estaba trabajando en su coche, inclinándose sobre el motor, bajo el capó. Olivia estaba demasiado ocupada mirándolo y dejó caer su bolso mientras sacaba el periódico del buzón. Él había levantado la mirada, sorprendido por el fuerte golpe.

— ¿Estás bien? —, preguntó, preocupado.

—Sí, estoy bien, sólo se me cayó la bolsa. ¿En qué estás trabajando?

—Cambiando el aceite. Mamá y yo vinimos a limpiar la casa de la abuela.

— ¿Ya ha vuelto del hospital?

—Vamos a traerla a casa mañana. Ella tuvo un reemplazo de cadera.

—Sí, mi mamá me lo dijo.

—Oye, ¿te gustaría ir a tomar una taza de café después de terminar el cambio de aceite y asearme? —, preguntó.

Él siempre había sido amigable, pero Olivia no había esperado que la invitara a salir y sintió el calor subir a su cara.

— ¿Me estás pidiendo ir a una cita? —Ella no daba crédito a lo que había escuchado.

Él ladeó la cabeza.

—Ya era hora, ¿no crees? O si no quieres salir conmigo... — Dejó la frase a medias y la miró inquisitivamente.

Olivia había sonreído, sintiéndose y luciendo avergonzada.

—Sí... Quiero decir... Está bien—, tartamudeó, pero rápidamente volvió a sus sentidos. —Tengo algunas cosas que hacer, pero podemos ir a la tienda de Karen en aproximadamente una hora para tomar café y pastel. —Ella no quería que pensara que era una solitaria desesperada que había estado fantaseando con ese momento durante mucho tiempo.

—Ella hace los mejores panquecitos de limón y amapola con glaseado de vainilla. —Dorian había sonreído y se había volteado de nuevo hacia el coche.

Olivia había asentido con la cabeza y se apresuró a entrar antes de dejarse a sí misma en ridículo.

Una cita y haber estrechado lazos comiendo panquecitos los habían llevado a más citas. Disfrutaban de la compañía del otro, y pasaron juntos tanto tiempo como pudieron. Dieron largos paseos por el río, y él la ayudó a recoger hierbas en el bosque.

La abuela de Dorian, una *bruja retirada,* como a menudo se llamaba a sí misma, era una de los Ancianos del Aquelarre Ravenwood y se puso feliz cuando Dorian decidió seguir sus pasos. Su madre nunca mostró interés en unirse al Aquelarre. Ella se divorció del padre de Dorian cuando él era muy joven, y rara vez lo visitaba, quizá una o dos veces al año.

Dorian sabía que el padre y la abuela de Olivia practicaban brujería. Les pidió que ayudaran a su madre después de que su abuela le dijera que eso iba más allá de su conocimiento, y los médicos estaban perplejos por su misteriosa enfermedad que la dejó débil y cansada todo el tiempo. El padre y la abuela de Olivia habían realizado rituales de limpieza y curación, haciendo que la madre de Dorian estuviera sana.

Cuando Olivia le dijo a Dorian que quería ser aprendiz, él estaba ansioso por saber más. Ella le habló de la magia blanca, y él decidió solicitar la entrada como aprendiz en el Aquelarre también. Su amistad se profundizó y floreció. Cuando él confesó su amor por ella, y compartieron su primer beso, Olivia vio como una mariposa azul agitaba sus alas por encima de ellos. *Sé qué es una buena persona, pero ¿podría ser realmente mi alma gemela? Bueno, los guardianes no han mentido antes...*

Capítulo tres

Candice vio a Olivia y Dorian durante meses a medida que su estrecha amistad se convirtió en algo más. Ella hizo todo lo que se le ocurrió para llamar su atención, pero él no mostró ningún interés en ella. Un día los vio besarse y tomarse de la mano mientras caminaban hacia el estacionamiento en el Aquelarre. *¡Debería ser yo quien lo estuviera besando!* gritó en su mente con rabia cargada de celos. No podía soportarlo más. Los celos amargos roían sus entrañas, y ella sabía lo que iba a hacer. *¡Voy a hacer que me ame!*

Dejó que los pensamientos y sentimientos de celos hirvieran dentro de su mente mientras corría a casa en un arranque de ira y tristeza. *¿Por qué tenía que gustarle ella?* A toda prisa, abrió el libro de hechizos de su abuela y pasó por las páginas. La suma sacerdotisa le había advertido que no usara magia para su propio beneficio, pero no le importaba y planeaba hacerlo de todos modos. Aunque sabía que la echarían del Aquelarre y perdería la oportunidad de convertirse en una bruja de Ravenwood si se enteraban, no podía importarle menos en ese momento: ella quería a Dorian.

Sabía que su abuela llegaría tarde, ocupada con la reunión del Consejo de Brujas, así que pasó por las páginas en busca del hechizo de amor que haría que Dorian se enamorara de ella. Cuando lo encontró, abrió el gabinete de su abuela y reunió los ingredientes. *Pétalos de rosa del rosado del amanecer,* leyó las instrucciones.

— ¿Dónde están esos malditos pétalos de rosa? —murmuró, hurgando a través de frascos y botellas. *¡Aquí está!* Agarró el frasco escondido detrás de los libros en el estante inferior. Sacó el corcho de cristal y miró al interior. *Pero estos no son rosados.*

Son de color marrón. Duh, estos pétalos están secos. Perdieron el color original al secarse. Añadió tres pétalos a la infusión y se enfocó en Dorian mientras la poción burbujeaba.

Cuando terminó, ella lanzó el hechizo pensando en cómo él se enamoraría locamente de ella.

Te rezo,

Oh, diosa Afrodita,

Haz que me ame.

Haz que su amor sea fuerte y verdadero.

Terminó de recitar el hechizo y vertió la poción en una botella de vidrio. A continuación, hizo la masa para panqués como las instrucciones del libro de hechizos decía y añadió la poción a la masa. Ella encendió el horno, horneó los panquecitos, y cuando se enfriaron, los decoró con glaseado en la parte superior.

Escondió los panquecitos en su habitación y limpió la cocina. Para cuando su abuela llegó a casa, ya estaba en la cama. Todo lo que tenía que hacer era conseguir que él le diera una mordida a uno al día siguiente. La poción tenía que reposar por una noche, al menos eso es lo que decía en el libro de hechizos.

Al día siguiente, de camino a la escuela, Candice tomó un desvío a la casa de Dorian. Ella fantaseó con Dorian perdidamente enamorado de ella y con el momento en que le pidiera que se casara con él después de la graduación. Encontrarían una casa encantadora en el bosque, aislada pero no embrujada o espeluznante, a diferencia de la antigua casa victoriana de su abuela.

Estacionó su coche más arriba en la calle y caminó hasta la casa de Dorian. Se escondió detrás del roble frente a su casa y lo esperó. Ella imaginaba su cabello oscuro y sus ojos azules mientras él la saludaba, y ella le entregaba el panquecito. *Una vez que se lo coma, viviremos felices para siempre.*

Cuando Candice lo vio cerrar la puerta principal, ella comenzó a caminar y, casualmente, como si acabara de verlo, gritó:

—Oye, Dorian.

—Oh, hola, Candice. Hace tiempo que no te veo. Vives al otro lado de la ciudad; ¿Qué haces aquí? ¿Dónde está tu auto? —Preguntó, sorprendido.

—La abuela me pidió que dejara unos panquecitos en la casa de su amiga, y decidí caminar. No está tan lejos. Guardé algunos panquecitos, ¿Quieres uno? Son de limón y amapola con glaseado de vainilla. —Ella le sonrió mientras abría la caja.

— ¡Gracias! Son mis favoritos. —Eligió un panquecito de la caja y le dio un gran mordisco. —Esto está realmente bueno—, murmuró con la boca llena y lamió el glaseado de sus labios.

—Gracias. Yo los hice. —Candice sonrió con las cejas levantadas. Esperó impacientemente para averiguar si la poción había funcionado, pero no estaba preparada para su inesperada reacción.

De repente, Dorian se balanceó y la agarró del brazo, murmurando:

—Me siento... mareado. —sus rodillas se doblaron, su cuerpo se quedó sin fuerza, y sus ojos se pusieron en blanco mientras caía fuertemente en la acera.

Candice gritó mientras se arrodillaba a su lado y rápidamente sacaba su teléfono celular de su bolsillo trasero, marcando al 911.

—911, ¿cuál es su emergencia?

—Mi amigo. ¡Se desmayó!

— ¿Está respirando, señorita?

— ¿Dorian? ¡Dorian! —Candice sacudió su hombro suavemente al principio y luego con fuerza. —Está respirando, pero no responde... Se golpeó la cabeza muy fuerte en la acera.

— ¿Cuál es su ubicación?

Candice dio la dirección al operador y esperó en la llamada hasta que llegó la ambulancia. *¿Qué he hecho? Debo haber puesto el ingrediente equivocado en la poción,* ella lloró. Se sentó en la acera de pavimento al lado de Dorian, sosteniendo su mano en estado de shock. *¿Qué diablos he hecho?*

Ella observó cómo los paramédicos lo cargaban en la parte trasera de la ambulancia y comenzaban a subir.

— ¡Señorita, usted no puede venir con nosotros! —Advirtió el paramédico.

—Soy su novia, y voy a ir con él—, Candice soltó abruptamente y le dio al paramédico una mirada severa.

—Está bien—, el hombre cedió. —Puedes sentarte en el suelo, en la esquina. Necesito espacio para monitorearlo.

Candice se sentó sobre unas mantas dobladas y observó al paramédico conectar a Dorian a un monitor cardíaco y comprobar sus signos vitales. Su cuerpo temblaba de miedo mientras pensamientos frenéticos pasaban por su mente. *¿Qué le pasa? ¡No se suponía que la poción le hiciera daño! ¿Qué voy a hacer? Tengo que decírselo a alguien, pero no puedo decirles la verdad. Le enviaré un mensaje a Olivia. Ella sabrá qué hacer.*

Candice agarró su teléfono y envió un mensaje de texto a Olivia con los dedos temblorosos.

Capítulo cuatro

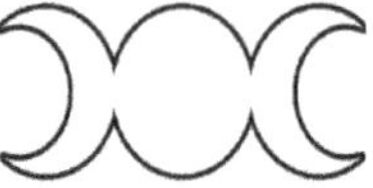

El sol de la mañana brillante cegó a Olivia mientras conducía a la escuela. Se puso las gafas de sol y subió un poco el volumen en la radio cuando su canción favorita comenzó a sonar. Estaba un poco nerviosa por el próximo examen de historia, pero estaba deseando trabajar en un proyecto de ciencia con Dorian después de la escuela. Entonces su teléfono hizo un sonido anunciando que le había llegado un mensaje de texto, se estacionó para leerlo.

Dorian está de camino al hospital. Se desmayó. Leyó el mensaje de Candice y jadeó. El tiempo pareció detenerse por unos momentos mientras miraba fijamente el teléfono.

¿Está bien? ella envió un mensaje de texto a Candice cuando recuperó un poco la calma. Ella esperó unos segundos, y cuando Candice no respondió, escribió rápidamente: *¡Estoy en camino!* y tiró su teléfono en el asiento del pasajero.

Luchando contra el pánico y las lágrimas, pisó el pedal de gas y giró su coche haciendo rechinar los neumáticos. Cuando ella irrumpió por la puerta de urgencias, la enfermera no la dejó entrar porque los médicos lo estaban examinando. Ella tuvo que esperar afuera de su habitación y escuchó la conmoción y a la gente hablando alrededor de su cama.

Se inclinó más cerca de la gruesa cortina que separaba los cubículos de los pacientes y escuchó la voz de un hombre.

—No entiendo lo que está pasando con él. Está claramente en coma, pero ¿por qué? No hay razón para ello. La tomografía computarizada y el análisis de sangre volvieron a la normalidad. Su corazón, pulmones, y de hecho, todos sus órganos funcionan correctamente, y no hay actividad convulsiva.

—Esto es raro—, llegó la voz de una mujer. — ¡Mira el electroencefalograma! Parece que está durmiendo en fase REM y teniendo un sueño salvaje. Definitivamente no es una convulsión.

— ¡No tengo idea! —Gritó el hombre con frustración en su voz. —Si estuviera en un sueño en fase REM, veríamos movimientos oculares y movimientos musculares involuntarios. No hay nada, y él no está respondiendo a ningún estímulo.

—Tendremos que esperar y hacer más pruebas. Llamaré a neurología para una consulta.

Los médicos salieron de la habitación sacudiendo la cabeza.

— ¿Puedo verlo? —Olivia preguntó, ansiosamente retorciéndose los dedos y mordiendo sus labios.

El médico la miró inquisitivamente.

—Señorita...

—Olivia Douglas.

—Señorita Douglas. ¿Cómo conoce al paciente? — preguntó, inclinando la cabeza.

—Soy su novia.

—Pero su novia vino con él; ella estaba aquí hace un minuto. —El doctor la miró, confundida.

— ¿Era una chica rubia? —Olivia preguntó.

—Sí, pero...

—Está bien, ella es una amiga. Ella me envió un mensaje de texto y probablemente le dijo al paramédico que ella era su novia para que la dejaran ir con ellos en la ambulancia.

—Oh. Bueno, usted puede sentarse junto a su cama mientras informamos a su familia.

—Su madre está fuera de la ciudad, pero su abuela está en camino. La llamé cuando estaba estacionando mi coche.

—Dígaselo a la enfermera cuándo llegue aquí. Tenemos que hablar con ella.

— ¿Qué le pasó a Dorian? ¿Por qué no se despierta?

—Lo siento, solo podemos discutir información médica con un familiar—. Con eso, ambos doctores pasaron a un lado de Olivia, hablando entre ellos.

Olivia entró en la habitación de Dorian y se aseguró de tener cuidado de no interferir con ninguno de los cables conectados a él. Ella se sentó junto a su cama, sosteniendo su mano, y comenzó a llorar. *¿Cómo pudo pasarle esto?* Ella apoyó su cabeza en la barandilla de la cama, sollozando. Ella deseaba un milagro, pero sabía que simplemente desearlo no iba a resolver nada. Tendría que esperar a la abuela de Dorian para que pudieran averiguar más.

Voy a llamar a la suma sacerdotisa. Los médicos parecen no tener la más mínima idea; tal vez Cordelia pueda ayudar. Sacó su teléfono celular y tomó varias respiraciones profundas para calmarse. Sus manos temblaron mientras sostenía el teléfono, marcando el número de Cordelia.

— ¿Hola? —La voz severa de Cordelia respondió.

—Necesito de su ayuda. Quiero decir que Dorian necesita de su ayuda—, soltó Olivia.

— ¿Qué pasa? ¿Dónde estás? —sonaba preocupada.

—Dorian está en coma, al menos eso es lo que dicen los médicos, pero no pueden averiguar qué le pasa.

— ¿Qué pasó?

—Candice le dijo a la enfermera que se cayó en la acera mientras caminaban hacia la escuela. Ahora está en coma. Escuché a los médicos decir que no hay nada malo con él físicamente. ¡Estoy tan preocupada!

— ¿Está Candice allí? —Cordelia preguntó.

—No, la enfermera me dijo que vino en la ambulancia, pero que tan pronto como le contó a la enfermera que un minuto él estaba comiendo un panquecito, y al siguiente se estaba desplomando, dijo que tenía que irse a casa. La enfermera dijo que estaba muy alterada.

— ¿Dijiste que estaba comiendo un panquecito? —Su voz sonaba distante mientras hablaba.

—Sí, eso es lo que Candice le dijo a la enfermera. ¿Podría venir al hospital? —Olivia suplicó y esperó que no dijera que no.

—Si los médicos no pueden resolverlo... De acuerdo, iré. ¿Está su madre allí? —Parecía preocupada.

—No. Ella está fuera de la ciudad, pero su abuela está en camino.

—Llegaré en unos minutos—, le aseguró Cordelia y colgó.

Tan pronto como Olivia guardó su teléfono, la abuela de Dorian entró, con su bastón haciendo *clic* contra el suelo de baldosas blancas.

— ¡Olivia! Me alegro de que estés aquí. —Se acercó y abrazó a la joven.

— ¡Por supuesto! No querría estar en ningún otro lugar. —Olivia le sacó una silla para que se sentara al lado de la cama. La anciana sostuvo la mano de Dorian y le dio unas palmaditas suaves, llorando. Olivia sostuvo su otra mano y tuvo que luchar contra las lágrimas que amenazaban con desbordarse. Tenía que ser fuerte.

Poco tiempo después, la abuela de Dorian fue a hablar con los médicos, y Cordelia apareció. Ella lo observó mientras sostenía un cristal sobre su tercer ojo, moviéndolo por su cuerpo. Olivia esperó en silencio en la esquina, con un miedo mortal. *Si fue magia lo que lo puso en coma, ¿podría Cordelia deshacerla? Si no fue un hechizo, ¿qué podrían hacer los médicos?*

Cordelia suspiró con pesadez y se volvió para mirar Olivia, su expresión era seria.

—Es un hechizo fuerte. ¿Dijiste que estaba con Candice cuando colapsó?

—Sí, pero ella no querría hacerle daño. Quiero decir, son amigos. Ella no lastimaría a un amigo, ¿o sí?

—Tal vez, pero ella sólo es una aprendiz, y podría haber estado tratando de hacer un hechizo y lo arruinó por accidente—, especuló Cordelia.

—Si está segura de que fue un hechizo lo que causó esto, y si no fue Candice, tal vez ella vio algo que podría ayudarla a dirigirla en la dirección correcta.

—Eso es lo que estaba pensando. Quiero darle el beneficio de la duda. —Ella puso su mano sobre el hombro de Olivia. —Vamos a resolver esto.

—Muchas gracias, Cordelia.

—Veremos qué podemos hacer. Llamaré a Candice.

Olivia se sentó al lado de Dorian y escuchó su respiración constante. Su rostro se veía pálido, pero aparte de eso, parecía como si estuviera durmiendo.

Capítulo cinco

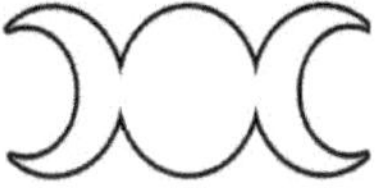

Tan pronto como Candice llegó a casa del hospital, rápidamente revisó el libro de hechizos de su abuela, tratando de encontrar el hechizo que usó. Una vez que lo encontró, subió corriendo al gabinete y revisó a través de la lista de ingredientes. Sacó los frascos y viales uno por uno y contó los ingredientes para asegurarse de que había utilizado los correctos.

Su estómago se hundió cuando encontró los pétalos de rosa del rosado del amanecer en un frasco en el estante superior. *¡Diosa ayúdame! Estos pétalos son de color rosa, pero los que usé tenían un color marrón. ¿Qué fue lo que hice?*

Entró en pánico mientras miraba los frascos y botellas. Se sobresaltó con el timbre, cerró la puerta del gabinete y bajó por la escalera de caracol hasta la pequeña entrada. Cuando abrió la puerta, casi se desmaya al ver a Cordelia.

— ¡Oh, suma sacerdotisa! —Su corazón se congeló mientras bloqueaba la puerta presa del pánico.

— ¿Puedo entrar? Tenemos que hablar de Dorian. No está mejorando. —Cordelia miró a su alrededor para asegurarse de que nadie pudiera escucharla. —Alguien le lanzó un hechizo. Y me preguntaba si sabes o has visto cualquier cosa.

—No, yo no vi nada y no tengo idea de quién le habría hecho eso. Es un chico muy agradable. —Sintió que sus piernas se convertían en gelatina y que su peso cambiaba.

— ¿Estás segura?

Candice asintió con la cabeza.

—Estoy segura. No sé nada. —pasó los dedos a través de su largo pelo y apartó la mirada.

—Bien, si estás segura de que no sabes nada, voy a volver al Aquelarre para hablar con los Ancianos. Tenemos que encontrar una manera de ayudar a Dorian. —dio la vuelta y caminó hacia la calle. —Si recuerdas algo, avísame— le dijo por encima del hombro.

— ¡Lo haré! —Candice prometió antes de retirarse en la casa.

Cerró la puerta y se apoyó contra ella. *Espero que me haya creído. Si no, y ella se entera, me echarán del Aquelarre y mi abuela se pondrá furiosa conmigo.* Aspiró una bocanada de aire y lo dejó salir lentamente. Se quedó allí temblando mientras trataba de comprender lo que acababa de suceder. *¿Cómo puedo arreglar esto sin que la suma sacerdotisa se entere?* No estaba segura que fuera posible, pero tenía que intentarlo antes de que se dieran cuenta.

Subió las escaleras para tratar de averiguar qué había puesto en la poción en lugar de los pétalos de rosa. Su corazón se hundió. *Él nunca me amará, jamás, y podría terminar perdiéndolo todo por esto.* Suspiró y se sentó en el sillón de su abuela. *¿Cómo pude ser tan estúpida y no prestar atención a lo que estaba agarrando?*

Candice se puso de pie rápidamente y comenzó a caminar de un lado a otro. Después de calmarse un poco, sacó el viejo libro de hechizos de su abuela para ver si podía encontrar algo. *Tal vez haya algo escrito en alguna parte de su viejo cuaderno que llenó hasta el borde con consejos para cualquier tema relacionado con la brujería.*

Cuanto más hojeaba las gastadas páginas de los libros, más desesperada se sentía. No pudo encontrar nada y golpeó la mesa con los puños. *¿Por qué me está pasando esto? No he hecho nada malo antes. Nunca tomé nada que no fuera mío. ¡Solo quería que él me amara! ¿Por qué el universo es tan injusto conmigo? ¿Qué puedo hacer? No puedo dejarlo en coma por el resto de su vida.*

Capítulo seis

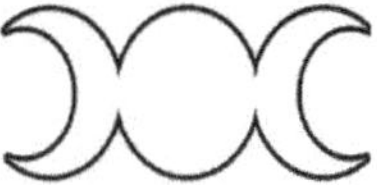

Olivia se despertó a la mañana siguiente aún más cansada de lo que estaba antes de quedarse dormida. La abuela de Dorian se había quedado con él en el hospital, y Olivia prometió que volvería por la mañana.

Tan pronto como se sentó en la cama, llamó a la abuela de Dorian, y sólo tenía noticias tristes. La condición de Dorian no había cambiado, y los médicos todavía no encontraban la causa. El cuerpo de Olivia dolía y se sentía pesado. Bajó a la cocina, contemplando saltarse la escuela e ir al hospital, pero cambió de opinión. *Candice no me ha devuelto la llamada. Debo hablar con ella.*

Olivia encontró a su padre en la cocina, friendo huevos.

— ¡Te ves horrible! —Xavier la miró con una expresión preocupada en su rostro. — ¿Dormiste en absoluto?

— ¡Gracias, papá! —Olivia murmuró sarcásticamente. — Dormí un poco, pero la preocupación me mantuvo medio despierta. Éramos felices. Ahora está en un coma mágico inducido... y nadie sabe quién lo hizo o por qué lo hicieron. Tal vez hizo enojar a una bruja en algún momento, y lo maldijeron.

—Cordelia convocó una reunión. Voy a ir al Aquelarre después del desayuno. ¿Vas a ir a la escuela?

—Sí, Candice no está contestando mis llamadas, así que quiero atraparla en la escuela. Tan pronto como hable con ella, iré al hospital.

—Desayuna algo.

—No puedo comer, papá. Mi estómago está hecho un nudo. —Agarró una barra de proteínas y salió de la casa.

La ciudad no era muy grande, pero a ella le gustaba vivir ahí. Cada vez que visitaban las grandes ciudades, se sentía incómoda y odiaba las multitudes. La gente allí parecía desconectada e indiferente. La gente de un pueblo pequeño se conocía entre ellos y eran cercanos. Dorian compartía ese sentimiento con ella.

Ella condujo hacia la escuela, su visión borrosa por las lágrimas que no podía contener. *Las brujas y los brujos del Aquelarre descubrirán algo, estoy segura. Tiene que recuperarse.* Ella extrañaba sus largas charlas y paseos después de la escuela, y extrañarlo y preocuparse por él enfermaba a Olivia físicamente.

Antes de llegar a la escuela, trató de llamar a Candice una vez más. Finalmente, ella contestó.

— ¡Candice, dime exactamente lo que pasó! —Olivia exigió.

—No lo sé. ¡En serio! Estábamos hablando, y colapsó. Al principio, pensé que se estaba ahogando en el panquecito que le di, pero respiraba bien. Simplemente no se despertó—, dijo Candice rápidamente.

— ¿Le hiciste algo? —Olivia la interrogó.

— ¡No hice nada, lo prometo! —Candice murmuró.

— ¡Mentirosa! —Olivia acusó cuando vio una mariposa de alas amarillas flotando sobre el volante. Sus guardianes le mandaron el signo de decepción y desconfianza. — ¡Hiciste algo, yo lo sé! ¡Dime qué fue lo que hiciste! —gritó, sintiéndose frustrada.

Candice terminó abruptamente la llamada.

Olivia llamó a la escuela y le dijo a la secretaria que estaba enferma, y luego giró su auto y se dirigió al Aquelarre echando humo. *Sé que ella le hizo algo. Las mariposas no mienten.* Cuando llegó a la puerta cubierta de hiedra en la antigua casa de campo al borde de la ciudad, respiró hondo antes de llamar a la puerta. Ella no estaba segura de sí se le permitiría entrar cuando no era el tiempo de práctica programado para los aprendices. No era un miembro en toda regla del Aquelarre.

El llamador de metal se sintió fresco en su mano, incluso para el inusualmente cálido día de otoño, mientras golpeaba la puerta principal. Las hojas caían a su alrededor, cayendo en cascada sobre el césped bellamente cuidado. Podía escuchar pasos y voces murmurando desde el interior.

Cordelia abrió la puerta.

— ¡Me preguntaba cuándo llegarías aquí! —Se apartó con una sonrisa en la cara. — ¿Has hablado con Candice?

—Ella respondió mi llamada, pero no quiso hablar conmigo más que para repetir lo que le dijo a la enfermera—, respondió Olivia mientras la seguía dentro. —Pero sé que estaba mintiendo.

Cordelia cerró la puerta detrás de ellas.

— ¿Cómo lo sabes? ¿Dijo algo?

—No, pero la mariposa del guardián era amarilla.

— ¿Oh? Entonces debe estar escondiendo algo—, reconoció Cordelia. Ella estaba al tanto de la bendición familiar de Olivia y de las señales que sus guardianes enviaban. El padre de Olivia confió en la suma sacerdotisa cuando había rastreado su línea de sangre hasta la época oscura de Europa cuando las brujas fueron cazadas y asesinadas. Algunos de sus antepasados sobrevivieron cuando su tatara-tatara-abuela convocó a los protectores. El poderoso hechizo se cobró su vida, pero los guardianes, las entidades invisibles de una dimensión diferente, se habían quedado con sus descendientes y habían seguido a la abuela de Xavier a América.

— ¿Averiguaron cómo ayudar a Dorian? —Olivia preguntó, sorbiendo sus lágrimas.

—No sabemos qué hechizo se usó. Por lo tanto, no sabemos cómo revertirlo todavía.

—Eso es malo. Muy malo. ¿Qué podemos hacer?

—Bueno, Candice sabe más de lo que ella admite. —Miró por la ventana. —La llamé, pero aún no ha aparecido, a pesar de que dijo que estaría aquí.

— ¿Crees que vendrá?

—No lo sé, para ser honesta. Espero que lo haga.

Olivia suspiró y miró hacia atrás hacia la puerta. Pensando detenidamente y recordando cómo Candice miraba a Dorian desde que ellos habían empezado a salir, tenía un fuerte presentimiento de que podría haber hecho algo.

—Tal vez ella lanzó un hechizo, pero ella no se dio cuenta de que lo hizo mal. Tal vez ella tenía la intención de que algo más sucediera.

Cordelia la miró interrogante mente.

— ¿Crees que ella intentó lanzarle un hechizo?

—Tal vez, pero no estoy segura. He estado sintiendo sus celos... la forma en que lo miraba a veces. Sí, creo que ella podría haber tratado de lanzarle un hechizo de amor.

—Si lo hizo, entonces algo salió terriblemente mal. Siempre hay una fina línea entre un hechizo y una maldición. Un ingrediente podría marcar una gran diferencia. Bueno, de cualquier manera lo descubriremos, incluso si ella no lo confiesa. Antes de realizar un hechizo localizador, que puede ser peligroso, esperaremos un tiempo. Y si ella no aparece, la encontraremos. —Cordelia se sentó en una silla con diseños florales junto a un ventanal.

—Tengo que ir al hospital. Estoy muy preocupada.

Cordelia asintió con la cabeza.

—Vete. Quédate con él y llámame si hay algún cambio.

****

Olivia condujo al hospital y corrió a la habitación de Dorian.

— ¿Ha habido algún cambio? —le preguntó a la madre de Dorian, que estaba sentada junto a la cama, limpiándose los ojos.

—Desafortunadamente, no—, dijo, sollozando. —Los médicos dijeron que todo se veía bien, y él está sano, por hora. Hicieron todo tipo de pruebas, pero no pueden averiguar por qué sigue en estado de coma. El neurólogo dijo que está en un sueño profundo, pero si no sale de él pronto, le causará daño a su sistema nervioso y al cerebro.

— ¡Diosa, ayúdale! —Olivia exclamó y se sentó en la cama de Dorian, sosteniendo su mano.

—Oh, cierto, ¡también perteneces a ese culto! Tal vez le hicieron algo—, acusó.

— ¡O tal vez están tratando de ayudarlo! —Olivia contestó de vuelta.

— ¡No me importa quién lo ayude y con qué! Sólo lo quiero que mejore—, exclamó la angustiada madre.

Olivia sabía que la madre de Dorian estaba en contra de cualquier cosa relacionada con la magia y que odió cuando Dorian siguió los pasos de su abuela entrando al Aquelarre. Ella sintió que la madre de Dorian, sintiéndose desesperada e impotente, culpaba al Aquelarre e iniciaría una pelea con cualquiera, especialmente con aquellos que pertenecieran al Aquelarre. Olivia tenía la corazonada de que por eso la abuela de Dorian se fue cuando llegó su hija.

Olivia tampoco quería ser el blanco de su furia.

—Tengo que volver a la escuela—, mintió mientras se levantaba. —Volveré más tarde para ver a Dorian.

Su madre asintió con la cabeza, y Olivia se inclinó para besar la frente de Dorian.

—Vamos a averiguar qué pasó y cómo hacer que te mejores, te lo prometo—, susurró y salió de la habitación. Manejó de vuelta al Aquelarre.

Capítulo siete

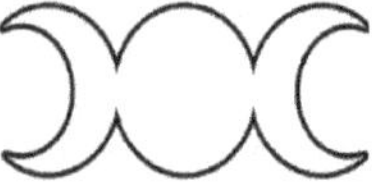

Candice pasó la noche caminando de un lado a otro y durmiendo en cortos períodos irregulares con sueños vívidos. Cuando escuchó los pasos de su abuela en las escaleras, se vistió rápidamente y bajó a la cocina. *Debo contarle todo. Tal vez ella pueda ayudar.*

—Lo resolveremos—, dijo su abuela después de escuchar toda la historia, pero Candice no estaba convencida.

Rebuscaron en el gabinete. Candice reconoció el frasco.

—Este es lo que puse en la poción. —Ella agarró el frasco y se lo mostró a su abuela.

La anciana retrocedió de miedo.

—Niña, ¿qué hiciste?

— ¿Qué? ¡Abuela, me estás asustando!

—Estos son pétalos rosados de rosa mezclados con esencia de sombras nocturnas diluida. ¡Esto se usa para una maldición y no para una poción de amor!

— ¿Maldición? ¿Qué clase de maldición? ¿Él va a estar bien? —Candice gritó.

—Yo... quise usarlo una vez... sobre tu madre. Era una drogadicta y estaba enojada con ella por abandonarte. Cambié de opinión porque la maldición es poderosa, peligrosa e impredecible—, admitió la anciana.

La sangre se drenó de la cara de Candice.

—En mi apuro, no debí haber leído toda la etiqueta, y mi mente sólo registró las palabras *rosa* y *rosados*. Debo ir al

Aquelarre y decirles lo que pasó. No quise hacerle daño. ¡No quise que cayera en coma! —exclamó.

—Voy contigo—, decidió su abuela, sosteniendo su libro de las sombras. —La maldición es casi idéntica al hechizo de amor, excepto por los pétalos de rosa. Se lo voy a mostrar a las brujas; tal vez alguien sepa cómo contrarrestar la maldición.

Candice parecía asustada, pero había tomado una decisión.

—Debo confesar lo que hice, y debemos averiguar si alguien ha usado el hechizo antes. Y si lo hicieron, sobre quién, cuándo y porqué. ¿Correspondieron los sentimientos de la otra persona, o sufrieron el mismo destino que Dorian?

Salieron de la casa, y Candice condujo hasta el Aquelarre. Una pequeña parte de ella esperaba que el hechizo no se hubiera usado en nadie, pero la otra parte la hizo sentir náuseas al pensar que podría haber una pobre alma yaciendo en una cama de hospital con familiares y amigos preocupados por si alguna vez se despertaría.

Candice quedó petrificada al bajarse del coche y se dirigió hasta el pequeño porche. Su corazón latía fuertemente mientras golpeaba la puerta principal. *No quería que saliera lastimado, sólo quería que me amara,* lloró en su mente y sólo tuvo que esperar brevemente antes de que Cordelia abriera la puerta con una mirada sombría en su rostro.

—Te hemos estado esperando. —Ella les dio la espalda y entró.

Candice y su abuela la siguieron después de cerrar la puerta detrás de ellas.

—Siento no haber venido antes.

Cuando Cordelia le dio una mirada expectante, Candice tenía la sensación de que ya lo sabía. No estaba segura de cuánto sabía, ni de cuánto sospechaba. Candice se aplacó el pelo y mordisqueó su labio inferior mientras se sentaban.

Cordelia pidió a la abuela de Candice que se uniera a las brujas en la otra habitación y llamó a Olivia para unirse a ellas. Quería hablar solo con las jóvenes acólitas. Se sentó frente a Candice.

— ¿Estás segura de que no sabes nada de lo que le pasó a Dorian? Sé que estabas allí cuando colapsó, y fuiste al hospital con él.

Candice estaba considerando no decirle toda la verdad, pero su conciencia ya no la dejó seguir mintiendo.

—Tengo algo que confesar, pero por favor no se enoje.

— ¿Qué? —Cordelia no sonaba feliz. Sus fosas nasales se ensancharon, y su mirada instó a la joven a empezar a hablar.

—Accidentalmente, uh, bueno… accidentalmente arruiné una poción en la que estaba trabajando.

— ¿La poción era para Dorian?

—Sí. Estaba tratando de hacer una poción de amor, pero ahora estoy segura de que puse los pétalos de rosa equivocados en la poción. ¡Lo lamento tanto!

Olivia tomó una respiración brusca y ruidosa y abrió la boca, con la cara roja de ira. Cordelia la detuvo con una mirada penetrante.

Candice puso el libro de hechizos con la poción del amor, así como el libro de las sombras de su abuela en su regazo.

—No sé por qué la abuela tenía estos pétalos de rosa que confundí con los pétalos de rosa rosados que se suponía que debía de usar. Y tampoco sé para qué es este hechizo—. Abrió ambos libros y mostró las páginas a Cordelia.

La cara de Cordelia palideció.

— ¿Me estás diciendo que usaste los pétalos de rosa rosados mezclados con esencia de sombras nocturnas diluida en la poción de amor?

— ¡Yo no quise hacerlo! —Candice exclamó. —Créanme, no quise hacerlo. Fue un error. Ni siquiera sé por qué la abuela tenía eso en su gabinete.

Cordelia se hundió de nuevo en la silla.

—No, no. No. Esto es malo.

— ¿Qué pasa? —Olivia preguntó, temiendo la respuesta.

—Esta maldición es similar a la poción de amor, excepto por un ingrediente. Este es un hechizo poderoso. Incluso quienes practican la magia negra lo usan sólo como último recurso para terminar con la adicción de alguien. Sin embargo, hechiceros sin escrúpulos de magia oscura también pueden utilizar esta poción como un fuerte hechizo de amor. Pero si se lanza sobre una persona que ya tiene un alma gemela, se convierte en una maldición, poniendo a la persona en un estado inconsciente profundo.

— ¿Entonces, él está en coma porque es mi alma gemela? — Olivia preguntó, con voz temblorosa y luchando contra el flujo de lágrimas que amenazaban con salir.

Candice se sintió devastada.

—Lo siento mucho, no debería haber intentado que me ame, pero los celos que sentía eran tan fuertes.

Olivia negó con la cabeza.

—Yo... ¡Ni siquiera puedo hablar contigo ahora mismo! — gritó y se dirigió a Cordelia. — ¿Hay alguna manera de romper la maldición?

—Sí. Necesitamos una flor poco común, la orquídea moteada, para contrarrestar la maldición. Florece sólo en la noche durante la luna de sangre. Tiene que ser cosechada antes de la medianoche, y debe añadirse a la contra-poción antes del amanecer. Debemos darle la poción a Dorian antes del anochecer.

La cara de Candice se iluminó.

—Eso suena fácil, suma sacerdotisa. Esta noche hay luna de sangre. Dígame dónde encontrar la orquídea, e iré a buscarla—, dijo rápidamente.

—No es tan fácil, niña. La flor está ferozmente custodiada por Liam y su manada.

— ¿Ellos son...? —Olivia tenía miedo de escuchar la respuesta.

—Sí. Liam es un hombre lobo. —Cordelia sonaba distante, y el hermoso rostro de Liam apareció entre su mente. *Rompí las reglas del Aquelarre cuando tenía su edad. Conocí a Liam cuando estaba en su forma humana y me enamoré de él,* pensó con el corazón apesadumbrado. *Cuando cometí el error de entrar al bosque durante la luna llena porque ansiaba verlo, casi me mata. No era culpa suya, pero tuve que aceptar que los hombres lobo y las brujas no se mezclan. Nunca lo hicieron y nunca lo harán. Realmente entiendo lo que Candice debió haber sentido. Desear a alguien a quien no puedes tener es emocionante y tentador. La joven aún no tiene la fuerza de voluntad para resistirse a sus sentimientos.*

Candice la sacó de sus pensamientos amargos.

—Cordelia, sé que todos los miembros de mi familia, y desafortunadamente, incluyéndome a mí, no podemos dejar de querer lo que no es nuestro o lo que no podemos tener. ¿Por qué tenemos esta maldición?

—Porque hace mucho tiempo, tu bisabuela se enamoró del bisabuelo de Olivia. Hizo una poción de amor, y su bisabuelo huyó con ella. La bisabuela de Olivia la maldijo a ella y a sus descendientes a anhelar siempre lo que no pueden tener.

—Oh. ¿Esta maldición se puede romper?

—No estoy segura, pero puedo hablar con los ancianos al respecto. Pero ahora no. Tenemos un tema más apremiante que tratar.

Olivia exclamó:

— ¡Debemos encontrar la manera de conseguir la flor!

—Es posible, pero será difícil. No mentiré sobre eso. La manada de Liam es impredecible durante la luna llena, pero la luna de sangre los hace especialmente ansiosos y puede desencadenar una ira ciega.

Candice inclinó la cabeza, retorciéndose los dedos en su regazo.

— ¿Va a echarme del Aquelarre? Estoy realmente arrepentida del error que cometí, y haré lo que sea para corregirlo. ¡Por favor, dame una oportunidad! —Rogó, mirando hacia arriba.

—Tengo que decírtelo ahora, Candice: no te convertirás en parte de mi Aquelarre. —Cordelia le contestó bruscamente.

—Cometí un error, y dije que lo sentía.

—Si hubieras confesado de inmediato, no estaría tomando esta decisión. Desafortunadamente, me mentiste, y no puedo confiar en ti. La confianza es una parte crucial de la vida del Aquelarre. Sin confianza y completa honestidad de los acólitos, no hay orden.

Candice miró hacia abajo a sus pies, lágrimas inundando sus ojos.

—Antes no me tomé en serio lo de ser parte del Aquelarre, pero ahora quiero hacerlo. Quiero que sean mi familia. ¡Maldita maldición! Siempre queremos lo que no podemos tener.

Olivia no podía creer lo que escuchaba y gritó:

— ¿Cómo puedes ser tan egoísta, pensando en ti misma cuando la vida de Dorian está en peligro? —Miró a Candice e hizo una pausa cuando vio una mariposa de alas marrones flotando sobre su cabeza. *Sigue siendo la misma Candice, egocéntrica y de naturaleza cambiante. Pero tal vez haya esperanza. Tal vez si le dan una oportunidad, podría cambiar.*

Ella se aclaró la garganta y empezó a hablar:

—Cordelia, ¿podría darle una segunda oportunidad? Entiendo la lealtad y todo eso, pero ella cometió un error. No creo que haya hecho lo que hizo por malicia. Ella cometió un error.

— ¿Estás segura, Olivia? —Cordelia parecía desconcertada mientras miraba de un lado a otro entre las dos.

—Dudo seriamente que vuelva a cometer el mismo error. Ella está consciente de la maldición de su familia, y tal vez podrías ayudarla a romperla. Confesó todo lo que sabía; sí, tal vez un poco demasiado tarde, pero lo hizo.

Cordelia se sentó en silencio durante un minuto. *Olivia parece diferente. Ella estaba molesta, y nadie puede culparla por eso. Yo también lo habría estado si me encontrara en sus zapatos. Pero hay algo más. Normalmente es tranquila y tímida. Ahora parece ser fuerte, segura de sí misma, y compasiva. Algún día será una gran líder.*

—Lo siento mucho. Nunca volveré a mentir. Prometo que seré abierta y honesta a partir de ahora—, Candice dijo rápidamente, esperando que Cordelia le diera otra oportunidad.

Cordelia suspiró.

—De acuerdo, pero sólo porque Olivia está dispuesta a perdonarte.

— ¡Gracias! —Candice sollozó, luciendo sincera. —Voy a hacer cualquier cosa para arreglarlo.

—Debemos obtener la flor para hacer la poción, pero desafortunadamente, las brujas y los brujos tienen prohibido entrar en territorio de hombres lobo. El tratado de paz se hizo hace mucho tiempo, cuando yo tenía su edad para evitar una tragedia... Si uno de nosotros entra en el territorio de los hombres lobo, nos matarían.

Olivia, retorciéndose ansiosamente los dedos, preguntó:

—Todavía no soy una bruja. ¿Puedo ir al bosque a buscar la flor?

Cordelia suspiró con un corazón pesado.

—Sí puedes. En cualquier otro momento te prohibiría ir allí, pero en este caso, no tenemos elección. Dorian se desvanecerá si no podemos contrarrestar la maldición a tiempo.

— ¡Yo también voy! —Candice se ofreció como voluntaria.

—Bueno, vayamos a hablar con los Ancianos. Podrían tener sugerencias sobre cómo podemos protegerlas.

Los Ancianos no ofrecieron mucho. Lo único que podían hacer era lanzar un hechizo de protección general, con la esperanza de que pudiera proporcionar al menos cierta protección contra los hombres lobo.

Antes de que las jóvenes acólitas dejaran el Aquelarre al atardecer, Cordelia apartó a Olivia y le entregó un amuleto.

—Esto te protegerá. Siempre me protegía cuando... Bueno, cuando me encontraba con Liam en secreto—, admitió vacilantemente. — ¿Estás segura de Candice?

—No—, dijo Olivia, inclinando la cabeza, suspirando. —Su mariposa todavía es marrón. Pero todo el mundo merece una oportunidad. Tal vez ella podría cambiar.

—Sólo tengo curiosidad, —Cordelia dudó, — ¿de qué color es mi mariposa?

—La tuya siempre ha sido rosa. El signo de la sinceridad, honor y lealtad.

Capítulo ocho

Olivia observó desde el borde del bosque como el sol naranja se ocultó detrás de las cimas de las montañas.

—La luna saldrá pronto. Creo que deberíamos emprender la marcha. Tenemos un largo camino por recorrer.

Al entrar en el bosque, los búhos ulularon a modo de saludo o tal vez de advertencia. Candice se estremeció de miedo o por la brisa fría que azotaba a su alrededor.

— ¿Estás bien? —Olivia preguntó.

— ¡Todo está bien! Simplemente estupendo... —Su voz vaciló y se espantó cuando un lobo, o tal vez un hombre lobo, aulló en la distancia.

—Deben habernos olido y están levantando la guardia.

—Dudo que el hechizo pueda protegernos de ellos—, chilló Candice y ralentizó sus pasos, quedándose detrás de Olivia.

Un búho ululó sobre ellas en la rama del árbol, y Olivia escuchó pasos corriendo, rompiendo ramas y un grito sofocado detrás de ella. Miró hacia atrás y vio a Candice corriendo hacia el claro donde habían estacionado sus coches. *¡Lo sabía! Es sólo una cobarde de boca grande,* Olivia se enfureció. *Bueno, ella no sabe que Cordelia me dio un amuleto. Sólo tengo que encontrar a Liam y mostrárselo a él. Debo salvar a Dorian. Puedo hacer esto.*

Aunque estaba completamente asustada, Olivia se adentró más profundamente en el bosque, avanzando lentamente hacia adelante. Ella siguió el camino durante aproximadamente una hora, su cuerpo tensándose ante cada sonido y con sus nervios al borde. Oyó pasos tenues y respiraciones pesadas a su alrededor.

Ella lloriqueó mientras su cuerpo la instaba a correr, pero cuando apareció la cara de Dorian en su mente, siguió adelante.

Finalmente, llegó al claro donde las flores poco comunes florecían y se quedó de pie mirando las hermosas orquídeas. Su fragancia era hipnotizante. Inhaló el dulce olor y se congeló cuando escuchó gruñidos bajos detrás de ella. Se volvió lentamente y vio el pelaje negro oscuro del hombre lobo alfa de pie cerca de ella y a la manada de siete u ocho lobos agazapados detrás de él. Jadeó y dio un paso atrás. Su respiración se volvió pesada, y podía sentir su corazón golpeteando duro contra sus costillas.

El alfa dio un paso hacia ella, y un gruñido bajo amenazante escapó de su garganta. Levantó el labio superior, mostrando una fila de dientes afilados. Sus ojos amarillos brillaban a la luz de la luna. Olivia no podía moverse; sus ojos la mantenían cautiva. Ella inhaló bruscamente y, con los dedos temblorosos, sacó el amuleto de cristal de Cordelia colgado alrededor de su cuello en una cuerda y lo sostuvo a la luz de la luna.

La luna brilló a través del cristal, creando un resplandor de color ámbar sobre los hombres lobo, lo que los hizo retroceder y gruñir más profundo desde el interior de su pecho. Siguieron retirándose al bosque. Olivia rápidamente recogió una flor, sin querer darles la espalda a ellos por mucho tiempo, en caso de que estuvieran esperando su momento para atacar.

Corrió a través del bosque de vuelta a su coche tan rápido como pudo agarrando la flor firmemente en su pecho.

Jadeó fuertemente mientras se apoyaba en su coche y sostenía la flor firmemente. Ella sacó sus llaves de su bolsillo con los dedos temblorosos cuando escuchó un gruñido y algo rasgándose ruidosamente, como sonidos de algo quebrándose detrás de ella. Estaba petrificada, pero poco a poco giró la cabeza.

Vio a un hombre desnudo agazapado detrás de un arbusto bajo, con la cara contorsionada por el dolor.

—Gracias... por tomar... sólo una flor. —Sus palabras llegaron en bocanadas cortas. —No puedo mantener mi forma humana por mucho tiempo… debes irte. Dile a Cordelia... dile... que la amo y la extraño... demasiado. —Aulló, y su cuerpo comenzó a contorsionarse y cambiar.

—Estoy... Lo haré—, dijo Olivia y rápidamente se subió a su coche. Condujo por el camino de tierra y suspiro de alivio cuando llegó a la carretera pavimentada. Finalmente, llegó al Aquelarre y tiró del timbre de la puerta. Cordelia la dejó entrar y la llevó a la pequeña habitación en la parte trasera donde los Ancianos estaban esperando.

—La tengo—, dijo, respirando fuertemente. Ella levantó la flor todavía brillante.

Los Ancianos jadearon y estallaron en vítores. Era una flor hermosa, una que la mayoría nunca vería.

— ¡Es hermosa! —Exclamó el padre de Olivia. — ¡Sabía que mi niña podría hacerlo! —miró a su alrededor con orgullo.

Cordelia sonrió, sostuvo en alto la preciosa flor y miró a los demás.

—Vamos a hacer la poción.

Los Ancianos se reunieron y comenzaron a trabajar en la poción.

Olivia le hizo una seña a Cordelia, y salieron de la habitación. Lejos del alcance de los odios de los demás, Olivia le contó a la suma sacerdotisa lo que había sucedido y le pasó el mensaje de Liam.

Cordelia se sentó.

—Estoy muy decepcionada de Candice. Tenía la sensación de que no se podía confiar en ella y que huiría a la primera señal de peligro; por eso te di el amuleto. Eres un alma valiente, querida.

—Estoy lejos de ser valiente—, Olivia admitió. —Nunca había estado tan asustada en toda mi vida, pero su amuleto me salvó. ¡Gracias! —Sacó el cristal de debajo de su camisa y se lo entregó a Cordelia.

La suma sacerdotisa abrazó a Olivia.

—Trata de tomar una siesta corta. Tomará hasta el amanecer para preparar la poción y realizar el hechizo. Te llamaré cuando esté lista.

Cordelia salió de la habitación, y Olivia se acurrucó en el acogedor sofá y cayó en un sueño intermitente.

—Olivia—, la llamó suavemente la suma sacerdotisa.

— ¡Estoy despierta! —Olivia murmuró y, frotándose los ojos, siguió a Cordelia hasta la habitación donde los Ancianos estaban en un círculo sobre el pentagrama grabado en el suelo de madera. Uno de los ancianos sostuvo una botella y se la ofreció. El líquido brillaba de un color rojo iridiscente.

Olivia miró alrededor del círculo con lágrimas en su línea de pestañas.

— ¡Muchas gracias a todos por todo! Creo que será mejor que lleve esto al hospital.

—Olivia—, le gritó la abuela de Dorian cuando se daba la vuelta para irse. —Voy contigo. Aunque le dije al personal del hospital que podías visitar y quedarte con Dorian incluso después de las horas de visita, podrían objetar, y quiero estar allí cuando se despierte.

— ¡Oh, gracias! —Olivia respondió. —Entonces no tengo que preocuparme sobre cómo colarme en su habitación.

Capítulo nueve

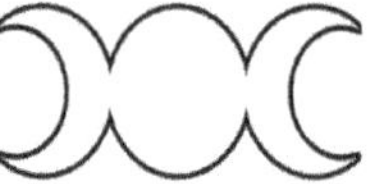

Olivia y la abuela de Dorian se apresuraron a salir del aparcamiento. Mientras Olivia conducía tan rápido como pudo al hospital, planearon cómo darle la poción a Dorian sin que el personal se diera cuenta. Ella hizo que el aparcacoches aparcara su coche, y se apresuraron a subir a su habitación para darle la poción antes de que el sol se levantara en lo alto.

Saludaron a las enfermeras, entraron en la habitación de Dorian y cerraron la puerta detrás de ellas.

—Voy a darte algo para hacerte sentir mejor, ¿de acuerdo, Dorian? Debes tragártelo, amor—, susurró Olivia al oído de Dorian antes de besarlo en la frente.

La abuela de Dorian le sostuvo la cabeza y Olivia deslizó la pequeña botella entre sus labios. Ella lo inclinó lo suficiente para que pudiera gotear en su boca. Él tosió y algo de la poción se derramó sobre su pecho, pero también tragó algunas gotas. Olivia bajó la botella y le dio el resto de la poción gota a gota.

Olivia se sentó en su cama, sosteniendo su mano, y su abuela oró en silencio desde su silla.

— ¡Por favor, diosa! Permite que funcione—, lloró Olivia.

— ¿Olivia? —Los dedos de Dorian se movieron entre la mano de Olivia, y su voz sonaba áspera y ronca.

— ¡Gracias, diosa! —Olivia susurró.

— ¿Dónde estamos? ¿Qué pasó? —Miró alrededor de la habitación, confundido, mientras asimilaba todo.

—Shh... Ahora estás bien. Tuviste una caída horrible, y estás en el hospital. ¿Te acuerdas?

—No... ¿Qué pasó?

—Te sentiste mareado y caíste cuando caminabas a la escuela con Candice. Te golpeaste fuertemente la cabeza en la acera y caíste en estado de coma.

— ¿Lo hice? No lo recuerdo. —Se tocó la cabeza vendada. — ¡Ay! Duele.

—Tienes puntos de sutura en la parte posterior de tu cabeza. No los toques.

— ¿Pero por qué iba caminando a la escuela con Candice? Ella vive al otro lado de la ciudad, y honestamente, ni siquiera soporto a esa chica.

—Bueno, ella te dio una poción de amor, o al menos ella pensó que había hecho una poción de amor.

— ¿Estás hablando en serio? —Dorian miró a Olivia con las cejas levantadas y con enojo en su tono.

—Sí. —Suspiró. —Es una larga historia. Te lo contaré todo más tarde.

—Está bien, pero esa poción de amor no funcionó—, dijo entre risas. —Estoy enamorado de ti, ahora más que nunca. — acarició sus dedos.

—Yo también te amo. Más que nunca. Pero lo más importante ahora es, ¿cómo te sientes?

— ¡Me muero de hambre! —Se río.

—Te traeré la hamburguesa más grande que pueda encontrar. —Olivia soltó una risa ansiosa.

Su abuela lloró de alegría:

—Me alegro de que hayas vuelto—. Ella se inclinó para besar su frente y rápidamente se enderezó cuando escucharon un golpe en la puerta.

El médico entró y se quedó boquiabierto cuando vio a Dorian sentado en la cama.

— ¿Qu…? ¡Guau! Estas despierto. ¿Qué pasó?

Dorian se río.

—No lo sé. ¡Dígamelo usted!

—Yo… ¿honestamente? No tengo ni idea, jovencito. ¿Cómo te sientes?

—Me siento bien, simplemente no recuerdo lo que pasó.

— ¿Puedo examinarte?

—Claro.

Olivia se sentó en la esquina mientras el médico hacía su revisión.

—Pareces estar bien. Esto es realmente un milagro. A decir verdad, no tengo idea de por qué estabas en un estado de sueño tan profundo y qué fue lo que te hizo despertar.

—Me siento bien. ¿Puedo ir a casa? —Miró al doctor, suplicando.

— ¡No tan rápido, jovencito! —El médico soltó una risa nerviosa. —Nos diste un buen susto y todavía no sabemos qué te pasó. Necesitamos hacer algunas pruebas para asegurarnos de que todo esté bien. Quitaremos los puntos mañana y luego hablaremos de darte de alta.

—De acuerdo, me quedaré un día, pero ni un minuto más—, aceptó Dorian.

El doctor se fue, y Olivia llamó al Aquelarre.

— ¡Se despertó! Todo parece estar bien—, anunció felizmente nada más escuchar la voz de Cordelia.

— ¡Gracias, diosa! —Gritó. —Voy a estar allí en breve, y voy a llamar a su mamá también.

— ¿Podría pedir para llevar una hamburguesa con queso en el camino? Se está muriendo de hambre.

—Y una pizza y un panquecito, muchos panquecitos—, gritó Dorian.

Olivia jadeó. *Dudo que te vayan a gustar tanto los panquecitos después de que te cuente todo,* pensó, pero no dijo nada.

—Lo oí —dijo Cordelia entre risas—. Es una buena señal.

Olivia colgó y caminó de vuelta a la cama de Dorian.

—Te extrañé, y estaba muy preocupada. —Ella lo abrazó fuertemente. — ¿Recuerdas algo? El doctor dijo que estabas durmiendo en fase REM.

—No recuerdo lo que pasó, pero recuerdo los sueños... estaba en un hoyo profundo y no podía salir, luego algo me perseguía y no podía correr. Fue horrible. —Se estremeció. — Debe haber sido difícil para ti verme de esa forma. —Sonaba distante.

—Lo fue. No se lo digas a nadie, pero lloré como un bebé. —Olivia se aferró a su mano. —Estoy tan contenta de que estés mejor ahora.

—Yo también.

La enfermera y el neurólogo entraron.

—Veo que nuestro bello durmiente está despierto—, dijo la enfermera con una risa nerviosa. —Estábamos preocupados por ti, jovencito.

—Y también recibí mi beso para despertar. —Dorian se rio, guiñando un ojo a Olivia.

Después de un breve examen, se fueron al mismo tiempo que Cordelia entró con montones de bolsas de comida para llevar.

— ¡Un festín! —Dorian alcanzó una bolsa, abriéndola a toda prisa. —Estoy hambriento. —dio un primer bocado y luego devoró la hamburguesa en poco tiempo. —Yum...

El estómago de Olivia gruñó, y Cordelia rápidamente le entregó una hamburguesa.

—Tú tampoco has comido durante días. Come.

Después de que terminaron de comer y Dorian se recostó en su almohada, Cordelia le susurró a Olivia:

— ¿Podemos hablar?

— ¡Por supuesto! —Olivia se puso de pie. —Vuelvo enseguida. —dijo acariciando la mano de Dorian.

—Tómate tu tiempo. Voy a descansar un poco los ojos.

Olivia siguió a Cordelia fuera de la habitación.

— ¿Has escuchado de Candice?

—No, todavía no. No la he visto desde que me dejó abandonada en el bosque. —Su voz sonaba fría y decepcionada.

—Bueno, ella entrará en razón, y escuchara de su abuela que Dorian está bien.

—No voy a llamarla.

—Lo entiendo. Averiguaremos por qué te dejó en el bosque. Tal vez ella tiene una buena explicación.

Capítulo diez

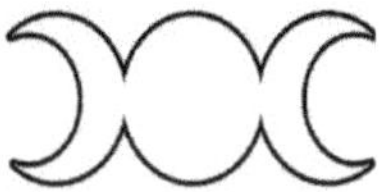

Después de que Candice dejó a Olivia en el bosque, condujo a casa y se acostó en su cama mirando hacia el techo. *¿Cómo puedo ser tan cobarde? ¿Y si los hombres lobo la habían matado?*

Estaba preocupada, pero decidió esperar a que Olivia la llamara. *Cuando la abuela llegue a casa, de todos modos descubriré lo que pasó.*

Pasaron las horas de espera angustiosa, y luego oyó la puerta principal abrirse.

— ¿Abuela? —ella gritó, con su voz temblando, y saltó de la cama.

— ¡Sí, soy yo!

Candice bajó corriendo mientras su abuela cerraba la puerta.

— ¿Dónde estabas? ¡Estaba muy preocupada!

— ¿Qué pasó? ¿Olivia está bien?

—Ella está bien. Ella trajo de vuelta la flor, e hicimos la poción. Funcionó. Dorian está bien. —La anciana la miro y la tristeza se extendió en su rostro. — ¿Qué pasó? ¿Por qué no volviste al Aquelarre con ella?

— ¿Ella dijo algo?

—No, y estábamos ocupados haciendo la poción, y luego ella la llevó al hospital. No tuve la oportunidad de preguntarle.

—Abuela, cometí un gran error—, admitió Candice. — Estaba tan asustada que la dejé en el bosque y conduje a casa.

— ¿La dejaste ahí sola? —Preguntó su abuela en estado de shock.

— ¡Adelante, hazme sentir peor de lo que ya me siento! — Candice perdió el control, sollozando.

La expresión de su abuela se ablandó mientras abrazaba a Candice.

— ¡Lo siento! No fue mi intención. Además, yo tampoco habría tenido el valor de entrar en territorio de hombres lobo. Estaba bastante preocupada cuando te ofreciste como voluntaria. Todo va a estar bien, niña.

—Abuela, no quiero ser una bruja. Nunca debí haber pedido unirme a tu Aquelarre. Yo no pertenezco allí.

—Tal vez sea lo mejor. —La anciana suspiró.

Epílogo

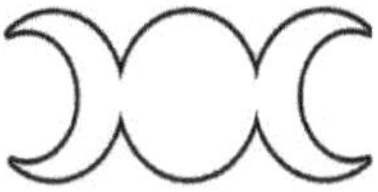

Dos días más tarde Dorian fue dado de alta, y la poción no parecía tener ningún efecto secundario. Se sentía muy bien, pero aun así no recordaba nada además de los sueños vívidos.

Finalmente, Olivia había tenido una buena noche de sueño, y como era sábado, se dirigió a la casa de Dorian por la mañana. Después de que ella le contó cada detalle de lo que había sucedido, se besaron, y él envolvió sus brazos alrededor de su cintura y la miró a sus ojos.

—Te amo, Olivia, siempre lo he hecho. Y no sólo porque me salvaste la vida.

La soltó, dio un paso atrás y sostuvo una pequeña caja de anillos. Al ver la expresión conmocionada de Olivia, rápidamente dijo:

—No, no es un anillo de compromiso. Todavía no. Es un anillo de promesa. Siempre seré tuyo, y un día, cuando llegue el momento adecuado, te haré la pregunta.

Olivia sonrió mientras una lágrima rodaba por su mejilla.

—Yo siempre seré tuyo. Eres mi alma gemela. —Le puso el anillo en el dedo y la besó.

Después de un largo minuto, Olivia se apartó.

—Tenemos que irnos. Los Ancianos nos esperan. Hoy es nuestro día de iniciación.

Se dirigieron al Aquelarre y llamaron a la puerta. Cordelia la abrió y los abrazó a ambos.

—Síganme.

Olivia y Dorian la siguieron a través de un largo pasillo hasta el jardín trasero. Nunca había estado en el jardín sagrado antes porque a los aprendices no se les permita estar ahí.

El pequeño jardín era hermoso. Los crisantemos estaban en plena floración, y podían ver un invernadero lleno de hierbas. Había un pequeño estanque koi junto al invernadero con una cascada. El sonido del agua cayendo por las piedras era relajante y pacífico.

Se sentaron en almohadas de piso con relleno excesivo colocadas en el suelo. Olivia respiró hondo y miró a su alrededor.

— ¿Dónde está Candice? ¿Va a venir?

Cordelia suspiró.

—No. Ella demostró con sus acciones que no pertenecía aquí. Ella lo sabía en su corazón y retiró su solicitud de unirse a nosotros.

Olivia y Dorian se miraron, ambos aliviados.

—No puedo decir que esté triste por eso—, dijo Dorian, y Olivia asintió con la cabeza estando de acuerdo.

Cordelia metió la mano en una caja lacada junto a su almohada y le entregó a ambos, a Olivia y a Dorian, una llave de plata.

—Bienvenidos al Aquelarre Ravenwood. De ahora en adelante, son miembros en toda la regla. Dorian, has demostrado dedicación y lealtad a lo largo de tus meses como aprendiz. Olivia, has demostrado tu lealtad, dedicación y has demostrado un gran coraje incluso en las peores situaciones.

La joven bruja y el brujo aceptaron las llaves con una sonrisa feliz en sus rostros. Olivia suspiró con pesadez.

—Siento pena por Candice. Aunque en realidad no es una persona honesta y buena, tal vez la maldición familiar la hizo así.

Dorian asintió con la cabeza.

—Nunca me agradó, pero estoy de acuerdo.

La cálida sonrisa de Cordelia parecía iluminar su rostro.

—No esperaba menos de ninguno de ustedes. Sentir compasión, tratar de encontrar una razón para perdonar, y querer ayudar incluso a aquellos que nos han lastimado es de lo que se trata ser un valioso miembro del Aquelarre. Candice no merece ser una bruja, pero eso no significa que no podamos tratar de ayudarla. Por lo tanto, su primera asignación como bruja y brujo es encontrar la cura para la maldición familiar de Candice.

Fin

El fantasma del príncipe Akhmose

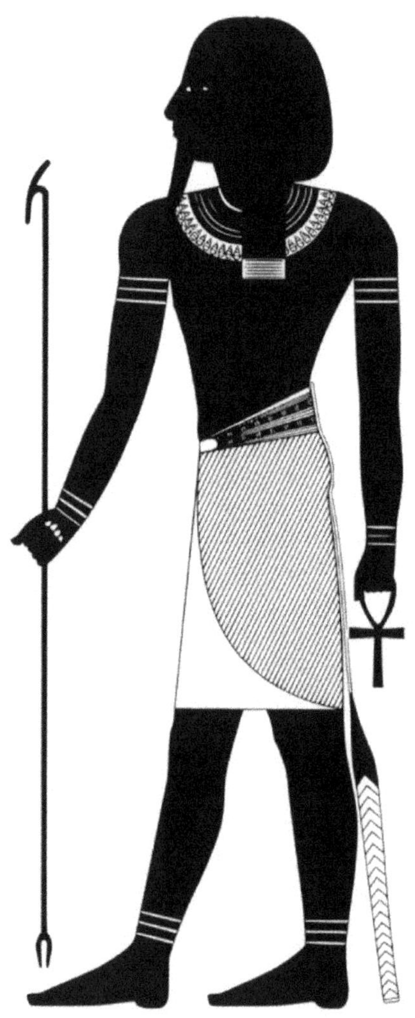

Suerte y Destino

La suerte y el destino se entrelazan
Cumpliendo una maldición perdida en las arenas del tiempo
Dos amantes destruidos en una furia celosa
Se reúnen en un nuevo día y época
El mago malvado también regresa
Asegurando que los mantendrá en el infierno de su maldición.
El pasar de los años revela una manera de defender
Demostrar que el amor al final lo conquista todo
© Cindy J. Smith

Prólogo

Egipto, 1198 a. C.

El sol abrasador estaba en lo alto del cielo, pero Tanakhmet se relajó en la sombra siendo abanicado por sus sirvientes. Vio a los esclavos constructores caminando bajo el sol caliente, llevando rocas sobre sus espaldas, construyendo el lugar para el descanso final del faraón.

Tanakhmet era el más cercano al faraón, quien estaba en su lecho de muerte, y no había duda de que él sería el Gran Visir del próximo faraón. El hijo del faraón había sido establecido desde el nacimiento para ocupar el lugar de su padre, pero era demasiado joven para gobernar. El hermano menor del faraón, el príncipe Akhmose, sería su regente hasta que llegara a la mayoría de edad. Pero debido a que Akhmose se preocupaba más por el arte y los deportes que por aprender a gobernar, Tanakhmet se aseguró de que el príncipe lo necesitara y no pudiera gobernar sin él.

Tanakhmet miró la tierra que estaría bajo su dominio. Su futura esposa elevaría su estatus y el de sus futuros hijos, siendo que ella era de sangre real. Era una princesa de una tierra que Egipto había conquistado, y fue enviada a apaciguar y asegurar la alianza. Aunque era el segundo hombre más poderoso de Egipto, la espina del resentimiento se adentraba cada vez más profundamente en su corazón, cada vez que se le recordaba que la sangre real no fluía en sus venas.

Cuando su futura esposa llegó y Tanakhmet la miró por primera vez, no ocultó su decepción. La princesa era pequeña y de aspecto común. Pechos que apenas levantaban la ligera túnica y caderas estrechas como las de un niño pequeño, ella carecía de la belleza que tanto deseaba. Ella no era más que una obligación, un medio para una alianza. Tanakhmet le asignó una lujosa residencia en el palacio con un hermoso estanque de loto en el patio, lejos de sus aposentos, y proporcionó un número adecuado de sirvientes para adaptarse a su alto estatus. La volvería a ver el día de su boda.

Echando un vistazo a la hermosa joven esclava arrodillada a sus pies, su entrepierna inmediatamente se agitó con deseo. Su piel tenía un brillo bronceado y un cuerpo agradablemente curveado, que era suave en los lugares correctos. Con la cabeza agachada y rapada mientras sostenía una copa de vino. Le encantaba ver la mirada desafiante en sus ojos, preguntándose qué palabras saldrían de sus labios si se le permitiera hablar. Sería asesinada en el acto por su insolencia si esas palabras que claramente mostraba en sus ojos alguna vez salieran de sus labios. No era más que una esclava, una posesión. Ella le obedecía, sin embargo, su mirada sólo poseía odio y disgusto.

¿Por qué no puede aceptar su destino? A menudo se cuestionaba, pero en el fondo, disfrutaba del poder absoluto que tenía sobre ella. Incluso después de que ella diera a luz a su hija se mantuvo obediente, pero fría y distante hacia él.

—Te quiero esta noche en mi habitación. Ya es hora de darle tu cachorro a la nodriza y volver a mi cama—, él dijo, observando las dagas en sus ojos que claramente reflejaban sus sentimientos.

Ella inclinó la cabeza en sumisión a su penetrante mirada, se puso de pie, y se retiró en silencio. Tanakhmet reservaba una expresión forzada y amable sólo para los miembros de la realeza, pero aquellos de menor estatus conocían su verdadera naturaleza salvaje. Habiendo nacido de un sirviente fuera del matrimonio y observando con avidez la vida privilegiada de la familia real, juró que un día alcanzaría un estatus alto. Cuando el viejo Gran Visir notó su afán por aprender, el anciano comenzó a enseñarle todo lo que sabía. Rápidamente, Tanakhmet se hizo indispensable para el faraón y para toda la corte mediante la creación de pociones curativas y lanzando hechizos. Cuando no había nada más que pudiera aprender del Visir, Tanakhmet añadió algunas hierbas mortales al vino de su maestro. Ni siquiera sintió una punzada de culpa o tristeza. En su mente, el Visir había cumplido su propósito al elevar su estatus y se volvió desechable.

Un sirviente se acercó sosteniendo un pedazo de papiro. Los ojos de Tanakhmet se entrecerraron al leer el mensaje urgente. El faraón lo enviaba a negociar un tratado sin un minuto que perder. Miró una vez más a la esclava que se retiraba, se puso de pie y salió sin otra palabra. Él odiaba tener que obedecer la orden del faraón, pero sabía que llegaría el momento en el que él daría las órdenes y todos obedecerán—incluyendo al sucesor del faraón.

Capítulo Uno

Época actual.

Layla Lockhart, una pequeña mujer delgada, salió del baño, con los pies descalzos golpeando contra el piso de madera. Pijamas de seda verde azulado se agitaban suavemente sobre su esbelto cuerpo mientras caminaba hacia la cocina, con los ojos hinchados por dormir y el cabello desordenado por la noche inquieta.

El olor a tocino frito llenó el aire y su estómago rugió por el olor. La pequeña televisión estaba encendida en la sala de estar. La alegre voz del reportero del canal seis anunció:

—Otra mañana hermosa y soleada, la temperatura es de veintiún grados Celsius.

— ¿Cómo puede alguien ser tan jodidamente alegre por la mañana? —Layla murmuró caminando hacia la cocina, pasando sus dedos a través de su largo cabello negro azabache enredado. — ¡Ay! — exclamó cuando su mano quedó enganchada.

— ¡Buenos días a ti también! — su compañera de cuarto exclamó y sonrió a Layla, sosteniendo una espátula grasienta.

— ¡Por favor, Mara! No tienes porqué gritar. — Layla se frotó la nuca mientras se dirigía a la mesa.

—Aquí tienes, — Mara se río mientras vertía café humeante en la taza favorita de Layla y se la entregaba. —Esto te sacará de tu bruma matutina.

Suspirando, Layla se dejó caer sobre la silla chirriante de la cocina y levantó la taza hasta sus labios, pero se detuvo cuando escuchó el grito de Mara:

— ¡Oye, está caliente! Te quemarás la boca.

— ¿Qué haría sin ti? —La expresión gruñona de Layla se ablandó al mirar a la mujer pelirroja con amor.

—Tendrías hambre, mucha. ¡Eso es seguro! —Mara se rio mientras llenaba el plato de Layla con huevos fritos y tocino crujiente. Ella guiñó un ojo antes de mirar a su propio plato, su melena rizada e indomable se movía como si tuviera una mente propia. A diferencia de Layla, Mara era una persona matutina. Tan pronto como sus ojos se abrían y sus pies tocaban el suelo, ella estaba lista para comenzar el día. — ¡Come! Tienes un día largo y agitado por delante—, dijo, entregando a su amiga una rebanada de pan tostado.

Las mañanas siempre fueron difíciles para Layla, necesitaba algo de tiempo para sacudirse el humor brumoso matutino.

—Sí, otro día aburrido en un trabajo aburrido. — Su cabeza cayó sobre la mesa. —Estuve todos esos tediosos años estudiando mi maestría en Egiptología sólo para conseguir un trabajo catalogando artefactos y restaurando cerámica rota.

— ¡Oh, no seas tan amargada! —Mara golpeó juguetonamente la mano de su amiga con la parte posterior de su tenedor. — ¡Ahora escúchame! La mayoría de las personas que se graduaron contigo están o enseñando a niños con sus títulos elegantes o paleando arena en el desierto en algún lugar de Egipto, en un trabajo que "no los lleva a ningún lado".

Layla levantó la cabeza y suspiró. Mara tenía razón... de nuevo. Mara siempre estaba allí para ayudarla a poner su mente en orden.

—Tienes razón, tuve suerte de conseguirlo. Es que es deprimente cuando tengo todo este conocimiento y no puedo usarlo para descubrir algo nuevo y emocionante.

—Seamos sinceros, amiga, eres una completa introvertida. ¿Puedes imaginarte viviendo en una tienda de campaña con otras diez personas a cincuenta grados Celsius sin aire acondicionado a la vista, o estar en un aula con adolescentes ruidosos y descuidados? —Mara tomó un sorbo de café y continuó: —Esta posición en el museo es idónea para ti. Puedes trabajar por tu cuenta y tener poca interacción con alguien más.

Layla palideció ante sus palabras, ninguna de las dos situaciones sonaba bien. Ella elegiría estar sola cualquier día catalogando en un museo limpio, que tener que pasar meses cepillando la arena de la cerámica rota con un equipo competitivo o estando en un aula abarrotada dando la misma clase año tras año.

—Tienes razón... de nuevo. — Layla captó la brillante sonrisa de Mara y escondió su ceño fruncido detrás de su taza de café. Ella no cambiaría su amistad por nada en el mundo. Incluso con sólo unas pocas palabras de Mara, ella ya se sentía mejor. Ella guiñó un ojo y mostró brevemente una cálida sonrisa sobre su taza de café. —No sé cómo me has aguantado durante todos estos años. Ya sabes que eres mi mejor amiga.

Mara se burló.

—Porque eres la única persona que no me molesta—. Ella hizo un movimiento señalando alrededor del apartamento relativamente tranquilo, —Tengo suficiente 'población' a tratar en el hospital. Cuando llego a casa, me encanta la tranquilidad y saber que siempre estás ahí para mí.

Layla se río:

—No soy una persona habladora, eso es seguro.

—Definitivamente no, pero así es como me gusta.

Layla llenó su tenedor y metió la comida en su boca:

—Y tu superpoder es hacer huevos fritos y tocino tan delicioso.

— ¡Eso es cierto! —Mara se río.

Comieron rápidamente, las manecillas en el reloj parecían moverse más rápido mientras devoraban la comida. Layla hizo el intento de recoger los platos, pero Mara los tomó primero. Ella hizo una seña con las manos.

—Ahora ve, prepárate para el trabajo. Hoy voy a salir, voy a hacer algunas compras de comida. Nos estamos quedando sin nada.

Layla se puso de pie, abrazando a Mara antes de apresurarse a volver a su habitación para prepararse.

—Espero que seamos amigas para siempre—, susurró Layla.

— ¡Puedes apostarlo! Estás atrapada conmigo de por vida—, dijo Mara cariñosamente.

Conocer a Mara fue probablemente una de las mejores cosas que le habían pasado a Layla. Sus padres decidieron mudarse a los Estados Unidos después de la muerte de sus abuelos maternos. A pesar de que ella sólo concía a Egipto como su hogar, su padre quería volver a los Estados Unidos. Su madre, que ya no tenía más vínculos con Egipto, estuvo de acuerdo. Poco después de su noveno cumpleaños, Layla encontró su casa lejos de casa, en Boston.

No fue fácil encajar. Se sintió triste al dejar su casa y amigos, pero tan pronto como comenzó el año escolar en Boston y conoció a Mara, todo encontró su lugar. La niña pecosa y pelirroja heredó de sus antepasados irlandeses el humor alegre y su perspectiva positiva de la vida. Se convirtieron en mejores amigas y Mara ayudó a la tímida y cautelosa Layla a adaptarse a su nueva vida. Las dos se volvieron inseparables.

Era imposible permanecer juntas todo el tiempo, pero prometieron que siempre estarían cerca. Esa promesa se mantuvo hasta la escuela media y hasta bien entrado la universidad. Las mejores amigas se mudaron a Albany y alquilaron un apartamento juntas. Mara, cumpliendo su sueño de infancia, entró a la escuela de enfermería, y Layla, para deleite de su madre, eligió estudiar Egiptología.

Su apartamento no se parecía en nada a una casa común y uniformemente amueblada. Buscando muebles que pudieran obtener a un precio relativamente bajo, consiguieron piezas en ventas de jardín, tiendas de segunda mano y donde pudieran encontrar sillas útiles, mesas, camas, estantes y cualquier otra cosa que necesitaran. Terminaron con un apartamento que parecía una tienda de antigüedades, pero les gustaba de esa manera. Las pinturas únicas de Mara colgaban en cada pared de color granate claro, y las estatuas de estilo egipcio antiguo, réplicas de pergaminos y jarrones de Layla hacían que el apartamento se sintiera como un hogar acogedor, incluso en los estándares de estilo de Albany.

Capítulo dos

Época actual.

El tráfico de la mañana era una locura, como siempre. Layla le dio unos golpecitos al volante con los dedos de manera ansiosa y siguió mirando el reloj del tablero.

—Voy a llegar tarde... definitivamente voy a llegar tarde—, murmuró, empujando mentalmente los coches delante de ella para moverse más rápido.

Finalmente, dio vuelta a su pequeño coche de segunda mano color verde lima en una plaza de aparcamiento, y los sonidos de la ruidosa calle se detuvieron tan pronto como la pesada puerta del museo cerró detrás de ella. El golpe resonó a través del amplio pasillo por los suelos de mármol. Sus zapatos hacían clic rápidamente mientras se apresuraba hacia un gran almacén que también albergaba su estudio.

Apenas había arrojado su bolso a una silla cuando su puerta se abrió de golpe. Jerome, su jefe calvo y con sobrepeso en sus cincuenta años, se precipitó al estudio, exasperado.

— ¡Señorita Lockhart! ¡No vas a creer esto! —Su rostro estaba enrojecido, con los ojos brillantes de emoción. Su voz chilló: — ¡Adivina!

— ¿Qué está pasando? — Layla preguntó, mientras observaba la euforia del hombre generalmente estoico. *Va a tener un ataque al corazón,* ella pensó al observar su cara sonrojada y estrechar su mano. Se preocupó.

—Recibiremos la momia bien conservada del príncipe Akhmose, el hijo de la reina Takhat. El doctor Wilson me llamó anoche desde El Cairo—. Las palabras continuaron saliendo de su boca a un ritmo antinaturalmente rápido como si estuviera tratando de decirle todo a la vez. Respiró profundamente y continuó: —Estuvo en el lugar de la excavación sin teléfono, hasta ayer—, dijo. —Finalmente, sus abogados hicieron el papeleo hace una semana, y debido a que es el benefactor de nuestro museo, el sarcófago del príncipe Akhmose será exhibido aquí. Las cajas llegarán hoy.

Los latidos del corazón de Layla se aceleraron.

— ¡Este es un tesoro invaluable que nuestro humilde museo podría esperar recibir! —Ella anunció y contuvo la respiración. —Si recuerdo correctamente, el príncipe Akhmose, hijo de la reina Takhat, era el hermano de Amenmesse quien gobernó de 1201 a 1198 a. C. Fue el quinto faraón de la dinastía XIX. No se sabe mucho de él porque gobernó por tan poco tiempo, pero recuerdo haber leído sobre el príncipe Akhmose en un pergamino. La única mención sobre él fue que el faraón Amenmesse le lloraba a su hermano que murió joven.

Jerome soltó una risa nerviosa, se rascó la cabeza calva y respondió en un tono más tranquilo:

—Bueno, si hubiera sido un faraón o un príncipe muy conocido, dudo que el gobierno egipcio nos hubiera dado el permiso de transportar a su momia fuera del país—. Sonrió brillantemente y su rostro comenzó a volver a un color normal. —A pesar de todo, estoy feliz de que lo hicieran.

— ¡Sí, yo también! Estoy deseando descifrar los jeroglíficos en su sarcófago y espero que también haya algunos pergaminos—. Miró las piezas de cerámica rotas en su mesa. La posibilidad de trabajar en algo genial la emocionó.

— ¡Oh, cierto! Hablas con fluidez en el dialecto de la dinastía XIX. Sabía que contratarte sería útil algún día—, parloteaba Jerome, retorciéndose los dedos gorditos. —Vamos a trabajar. Guarda todo en lo que has estado trabajando. Nuestra prioridad ahora es el Príncipe Akhmose. Catalogarás todo y empezarás a trabajar en la decodificación mientras organizo la preparación de la sala verde. ¡Dios mío! Haré que todo lo que tengamos de la dinastía XIX sea transferido a la sala verde. Va a ser una exhibición fantástica. —Jerome se dio vuelta y salió corriendo del estudio de Layla.

Layla tarareaba mientras trabajaba para empacar cuidadosamente las piezas de cerámica rotas. No hubo prisa por restaurarlas, y tuvo que parar un par de veces para calmar su emoción. *Finalmente habrá algo en lo que realmente podría disfrutar trabajar.* Su estómago se sentía como si estuviera atado en nudos y no podía esperar a que llegaran las cajas.

Capítulo tres

Época Actual.

Las cajas llegaron a media tarde haciendo que todo el mundo se pusiera en acción. El equipo de transporte desempacó cuidadosamente las cajas, asegurándose de no interponerse en el camino de Layla mientras tomaba fotografías a cada uno de los artículos desde diferentes ángulos. Jerome estaba a su lado, colocando etiquetas escritas a mano en cada artículo que los ayudantes colocaban en la gran mesa y estantes. Las cajas fueron llevadas afuera de la habitación tan pronto como estuvieron vacías y se trasladaron a la gran bodega.

Jerome siguió deslizándose entre los trabajadores y constantemente les advertía: "Con cuidado", lo que provocó muchas miradas y suspiros molestos.

Después de horas de escucharlo sólo decir esas pocas palabras y estar constantemente enfadando, uno de los ayudantes mayores finalmente le espetó:

— ¡Somos cuidadosos!

El rostro de Jerome se enrojeció y murmuró una disculpa, sin quitar los ojos de los artefactos antiguos.

—Lo siento, estoy muy emocionado. —Era tan sincero como podía, dado el hecho de que estaba rodeado por uno de los mayores tesoros jamás entregados al museo. Los ayudantes simplemente se encogieron de hombros, se habían acostumbrado a él a lo largo de los años y continuaron desempacando todas las cajas.

Layla jadeó cuando se descubrió el precioso sarcófago decorado. Había resistido bien el paso del tiempo, mostrando poco desgaste del ambiente. Los colores todavía eran brillantes y los jeroglíficos fácilmente legibles. Si ella no tuviera el conocimiento que tenía, habría supuesto que fue recientemente pintado.

Apartó sus ojos del sarcófago mientras desempaquetaban una caja más pequeña revelando los vasos canopos. Cada vaso tallado en piedra caliza medía unas cinco pulgadas de alto, decorado con representaciones de los cuatro hijos de Horus: Imsety, Hapi, Duamutef y Qebehsenuef.

Él le estaba dando la espalda, así que Jerome no vio la cara sorprendida de Layla cuando levantó un quinto vaso de la caja. Era diferente, tallado magistralmente en mármol verde. La tapa representaba la cabeza de un joven incrustado en oro. El cuerpo del vaso tenía filas de jeroglíficos tallados en él.

Ella había dominado los jeroglíficos, estudiado la lengua y la cultura de la dinastía XIX, y a veces había deseado haber formado parte de esa antigua civilización. *Nunca había oído hablar de que hubiera cinco vasos canopos colocados en la tumba de cualquier momia en cualquier dinastía.* Sus ojos brillaron con asombro, había tanto que podía descubrir. Ella no le dijo nada a Jerome y, tomando una decisión precipitada, escondió el vaso de mármol en su escritorio. Quería empezar a descifrar los escritos del quinto frasco sin la intromisión de Jerome. Ella había deseado durante tanto tiempo poder ser parte de algo emocionante, y ahora finalmente estaba sucediendo.

Cuando las cajas estuvieron vacías y todo estaba cuidadosamente etiquetado y catalogado, Jerome miró a su alrededor con gran orgullo.

— ¡Esto es fantástico! ¡Mira todos esos artículos funerarios y el sarcófago! Ese será el centro de atención de los tours cuando tengamos todo organizado y exhibido en la sala verde.

Layla sonrió.

—Sí, será espectacular.

Jerome se frotó las manos.

— ¡Bien, vamos a trabajar! Puedes seguir catalogando y luego empezar a decodificar, y yo llamaré a la empresa que nos suministra las vitrinas climatizadas. Necesito pedir uno para la momia antes de abrir el sarcófago—. Se apresuró a salir de la habitación y Layla se sentó junto a su computadora para organizar e imprimir las fotos que tomó.

El tiempo pasó volando y, unas horas más tarde, Jerome abrió la puerta un poco y asomó la cabeza.

—Hay que irnos a casa y tener una buena noche de sueño. Mañana tendremos un día ajetreado.

Layla miró de un lado a otro entre su jefe y la computadora antes de hablar en voz baja:

—Aún no he terminado. Me quedaré un poco más.

Jerome no se dejó convencer y dio un paso dentro de la habitación.

— ¡No, no te quedarás aquí sola, otra vez! Lo terminarás mañana. Vámonos. — Él le indicó con un gesto que se moviera.

Layla se quedó pegada a su silla y comenzó a objetar.

—Pero... — pero la expresión severa de Jerome la detuvo.

Dejó caer la cabeza en señal de derrota. Estaba esperando con ansias estar sola para echar un vistazo más de cerca al quinto vaso, pero sabía lo que significaba esa mirada. No había forma de que la dejara quedarse, ni siquiera por un minuto, porque si lo hacía, sabía que volvería al trabajo. La conocía muy bien. En el pasado hubo mañanas en que la había encontrado encorvada sobre su trabajo, ignorando que ella había pasado toda la noche en el estudio. Pero, el resto del día ella fue ineficaz, bostezando y durmiendo en su escritorio.

Layla deseaba bastante leer la inscripción en el vaso de mármol, pero no podía decirle que no a Jerome. Él era el jefe. *Voy a estar contigo a primera hora de mañana,* pensó cuando deslizó su mano dentro del cajón y pasó sus dedos por los símbolos tallados del vaso frío de mármol. Cerró su computadora, agarró su bolsa y siguió a Jerome. Al salir le dieron las buenas noches a Joe, el guardia de seguridad, y caminaron hasta la entrada. Joe cerró la puerta detrás de ellos.

Jerome parecía agotado, pero la expresión del buen tipo de agotamiento y satisfacción se quedó en su rostro.

Layla aceleró sus pasos y disfrutó de la anticipación corriendo a través de ella.

— ¡Buenas noches, Jerome, no puedo esperar hasta mañana!

Él rio.

—Duerme un poco. Te necesitaré en plena forma mañana.

Layla le quitó los seguros a su coche y se deslizó en el asiento del conductor. Afortunadamente, por su horario de trabajo generalmente evitaba las horas pico de la tarde, pero no podía encontrar la motivación para arrancar el coche. Su mente fue arrastrada de vuelta al quinto vaso que estaba dentro del cajón de su oficina. *No puedo esperar hasta mañana; no podría dormir en absoluto. Quiero leer la inscripción, ahora. Pero no puedo...* pensó mientras mordía su labio inferior, cuando de repente, ella lo recordó. Sus dedos se envolvieron alrededor de una llave de metal en su bolsillo. Era la llave de la puerta de servicio que olvidó devolverle a Jerome después de cerrar la puerta detrás de los repartidores. *Debería...* ella tanteó la idea. *El equipo de entrega accidentalmente rompió la cámara de seguridad, así que podría entrar y salir sin que Joe o el otro guardia me vieran en los monitores.* Ella contempló este acto furtivo pero tentador.

Su decisión fue tomada, ella esperó a que el coche de Jerome saliera del estacionamiento antes de bajarse de su coche y caminar hacia la entrada del servicio. Sus piernas estaban algo temblorosas. Si Joe la atrapaba, perdería esta increíble oportunidad, pero estaba siendo atraída por el vaso. No podía esperar, ella tenía que saber por qué eso estaba en la tumba. De los cientos de excavaciones arqueológicas en las que participó o se enteró, nunca se había encontrado un quinto vaso canopo.

Rápidamente abrió la puerta pesada e ingresó el código de seguridad antes de que la alarma pudiera sonar y así llegó a su estudio sin ningún problema. Agarró el vaso de mármol con los dedos temblorosos y lo puso en su bolsa.

Ella pasó de puntillas por un lado del sarcófago en la horripilante y oscura habitación, aferrándose a su bolsa que contenía el precioso vaso canopo. El miedo a ser atrapada hizo que las palmas de sus manos se pusieran sudorosas y podía oír la sangre corriendo a través de su cabeza, pero el deseo de descifrar los antiguos jeroglíficos era más fuerte que cualquier pensamiento racional que tenía en este momento. Ella sostuvo su bolsa firmemente mientras se deslizaba hacia la puerta.

De repente, un haz estrecho de luz brillante barrió el suelo a pocos metros de ella, y entonces escuchó el paso ligero y el suave tarareo del guardia nocturno. Layla se agachó rápidamente detrás de una gran estatua de Anubis tratando de contener la respiración. Por suerte, Joe, el hombre corpulento y de mediana edad, era demasiado perezoso para caminar por cada habitación. Sólo ilumino con su linterna alrededor en busca de cualquier movimiento. No es que estuviera esperando que antiguas momias o estatuas caminaran de repente por la noche en el museo, pero tenía que estar atento a los ladrones de artefactos. *Como yo,* Layla pensó.

Tan pronto como escuchó a Joe caminar por el pasillo hacia la habitación de los guardias, se arrastró hacia la puerta y se asomó. Vio a Joe desaparecer en la esquina y se apresuró hacia la puerta de servicio. Cerrando con cuidado la pesada puerta detrás de ella, corrió hacia su auto.

No podía esperar para llegar a casa. Le había costado usar todo su autocontrol para evitar sacar el vaso de su bolsa. Metió la mano y acarició los símbolos tallados con las yemas de los dedos.

Capítulo cuatro

Época actual.

En el camino a casa, Layla siguió dando toquecitos al volante en anticipación. Afortunadamente, el tráfico era poco, y era un trayecto corto en carro, pero cada momento que ese preciado artefacto descansaba en su bolsa, era otro momento que retrasaba su examinación. No podía esperar para llegar a casa y dedicarse a traducir los jeroglíficos.

Ella esperaba encontrarse a Mara en casa, y, en su mente, Layla pensó algunas excusas que le podría decir a Mara para poder encerrarse en su habitación. Sin embargo, ella sabía que no podría esquivar a Mara, quien sentiría su emoción y le sacaría la información. Mara sabía que ella podía ensimismarse en sus proyectos, pero también entendía que para Layla era como explorar un mundo completamente nuevo, un mundo que ya no existía.

En el momento en que Layla entró en el apartamento, sintió el peso de sus acciones. Acababa de sacar un artefacto extremadamente raro del museo. ¿Y si algo le pasaba mientras estaba fuera del museo? ¿Cómo iba a explicar lo que había descubierto? ¿Y si alguien cuestionaba por qué tardó tanto en salir del estacionamiento? Colgó sus llaves en el gancho y acunó su bolsa. Empezó a caminar de puntillas a su habitación, con la esperanza de poder esconder la bolsa antes de que Mara se diera cuenta.

Sus esperanzas de llegar a la habitación desapercibida desaparecieron cuando Mara gritó desde la cocina:

—Oye, llegas tarde. ¿Quieres que te haga un sándwich?

Layla pasó saliva y comenzó a quitarse su chaqueta. Ella se aclaró la garganta.

—Um... Sí, claro, gracias.

Mara apareció en la puerta.

— ¿Qué pasa?—Exigió, sus cejas levantadas con preocupación mientras se apoyaban contra la pared.

Layla echó un vistazo a la expresión preocupada de Mara y se desmoronó hasta el suelo.

— ¡Soy una ladrona! Estaré en tantos problemas si Jerome se entera. —Las manos de Layla comenzaron a temblar mientras abría la cremallera de su bolso y se mordía el labio para evitar llorar. Con cuidado, sacó el vaso canopo y se lo mostró a su amiga.

Mara se maravilló con la pieza hecha a mano.

— ¡Es hermoso! —, exclamó, pero su asombro fue rápidamente reemplazado por la incredulidad. — ¿Tú lo robaste? —Conociendo tan bien a Layla, no podía creer que su amiga hiciera tal cosa.

Layla se centró en sus cordones de zapatos.

—Um... bueno... lo tomé prestado, o algo así, porque no podía esperar hasta mañana. —Layla apretó el vaso de mármol contra su pecho. —Yo escondí y no catalogué esta pieza, así que Jerome ni siquiera sabe que existe. —Ella confesó, bajando la cabeza.

Mara comenzó a caminar hacia el pasillo, haciéndole señas a Layla para que la siguiera. Ella preguntó:

— ¿Por qué es tan importante esta estatua, o lo que sea?

Layla se levantó con las piernas temblorosas y siguió a su amiga a la cocina. En su camino, colocó cuidadosamente el vaso canopo en la mesa de café. Su estómago rugió fuertemente mientras se enderezaba, haciéndola darse cuenta de que se había olvidado del almuerzo. Se sintió hambrienta y se sentó en la silla de la cocina, haciendo muecas mientras chirriaba.

—Porque nadie había encontrado cinco vasos canopos en ninguna tumba antes. —Ella respiró hondo y trató de no hablar apresuradamente: —Los cuatro vasos que contienen los órganos de la momia están decorados con representaciones de los cuatro hijos de Horus: Imsety, con una cabeza humana, protege y lleva el hígado a la otra vida. Qebehsenuef, con una cabeza de halcón, lleva y protege los intestinos. Hapi, con la cabeza de un babuino, lleva y protege los pulmones. Y Duamutef, con la cabeza de un chacal, lleva y protege el estómago.

Mara asintió con la cabeza mientras abría la puerta del refrigerador y sacaba las rodajas de jamón y el frasco de mayonesa.

— ¿Qué hacían con los otros órganos vitales? ¿Los dejaban en la momia?

—No. Según sus creencias, el cerebro solo era una masa blanda y lo extraían a través de la nariz. Los egipcios creían que el corazón era el asiento del alma, por lo que era dejado dentro del cuerpo.

Mientras escuchaba atentamente, Mara hizo sándwiches de jamón y puso un plato frente a Layla, una mirada distinta en su rostro.

—Interesante—, observó y se sentó frente a Layla, — ¿Vas a decodificar los jeroglíficos en el vaso? ¿Puedo mirar? No hay nada que valga la pena ver en la televisión.

—Claro—, Layla sonrió y gesticuló un gracias mientras se levantaba, tomaba el plato y comenzaba a caminar hacia la sala de estar. —Pero te lo advierto, es un trabajo tedioso y aburrido, —advirtió. —Podría estar despierta la mitad de la noche.

— ¡Eres tan infantil! —Mara se rio, tomó su plato y siguió a su amiga. —Ni siquiera puedes estar sentada durante cinco minutos para comer tu comida antes de ir a jugar con tu juguete favorito.

—Estoy muy emocionada por esto—, admitió Layla poniendo su plato en la mesa de café y se sentó en la alfombra con las piernas cruzadas. —Pero, ¿estás segura de que quieres quedarte en casa? Es tu día libre. Ve, diviértete.

—Está bien, no tengo nada mejor que hacer. —Mara suspiró. —Podríamos ser las únicas mujeres solteras que se quedan en casa todas las noches sin una cita.

— ¿Qué pasó con ese cirujano llamado Dave? —Layla preguntó mientras mordía su sándwich. Se tragó el bocado de comida y miró a su amiga. —Saliste con él anoche. ¿No te pidió una segunda cita?

Mara se abalanzó sobre el sofá y Layla por poco deja caer su sándwich mientras casi tira el vaso canopo al suelo. Layla quitó el vaso del camino de su amiga.

Mara miró al techo.

—Bueno, estabas durmiendo cuando llegué a casa, y no tuve la oportunidad de decírtelo en la mañana, pero resultó ser un verdadero idiota. —Ella frunció el ceño. —Cenamos en Paolo's y no podía esperar a que terminara la noche. Fue aburrido como el infierno. De lo único que habló fue de lo exitoso que es. No estaba interesado en mí, simplemente quería meterse en mis pantalones para un rapidito. Terminé golpeándolo en la boca cuando se puso demasiado molesto en el auto. Tuve que tomar un taxi para llegar a casa.

Layla se burló. Mara rodó los ojos y juguetonamente le pateó el muslo.

— ¡Ay! —Layla gritó y se frotó la pierna. —Quise decir que era un idiota, y lamento que eso te haya pasado. Me reía porque me imaginé la cara que podría haber puesto cuando lo golpeaste en la boca.

Mara se rio.

—Parecía que no podía creer lo que pasó, y luego gritó como una niña sosteniendo su nariz ensangrentada. Puaj, no tengo ni idea de lo que me hizo pensar que era una persona respetable. Era sólo otro asno pomposo y egocéntrico. —Mara se rió ligeramente: —Ahora termina tu sándwich para que podamos llegar a la parte buena de esta triste noche. Por cierto, tú no has tenido una cita desde... ¿Has sabido algo de Baahir? Hace meses que no lo mencionas.

—Ya ha pasado un año desde que se fue. —La expresión de Layla entristeció. —La última vez que hablé con él fue hace unos tres meses. La excavación, para la cual había encontrado un coleccionista para patrocinarla, estaba yendo bien. Aun así, aunque salimos algunas veces, nunca nos hicimos lo suficiente cercanos como para extrañarnos el uno al otro.

—Oh, entonces, ¿qué fueron esas lágrimas que derramaste durante semanas después de que se fue a Egipto? —Mara la molestó.

Layla rodó los ojos y dio una mordida enorme mientras volvía su mirada al vaso que estaba esperando pacientemente frente a ella.

—Sí, estuve triste por un tiempo, pero lo superé. —Ella metió el resto del sándwich en su boca y se limpió las manos en los pantalones. Dejando el plato a un lado, recogió el vaso con cuidado.

Le tomó sólo unos pocos minutos darse cuenta de que los jeroglíficos no tenían ningún sentido. Ella había tratado de leer con la misma fluidez con la que siempre lo había hecho cuando se dio cuenta de que no había oraciones, sólo filas de palabras confusas. Ella se había detenido brevemente y trató de descifrarlos lentamente, uno por uno. Cuando terminó de escribir los significados aproximados de las palabras, exclamó, sintiéndose frustrada: — ¡No tiene ningún sentido!

Mara se sentó y se inclinó a su lado, estudiando el pequeño vaso.

— ¿Qué no tiene sentido?

—Las figuras humanas y animales están mirando hacia la izquierda, por lo que debería leerse de izquierda a derecha. Estoy leyendo los símbolos superiores y luego los inferiores, y sigue siendo sólo un revoltijo de palabras—. Ella había tratado de leerlo hacia atrás, hacia los lados, agarrando y anotando cada palabra aleatoria, y luego cada tercera palabra. — ¡Nada tiene sentido! —gritó de frustración. Volteó el frasco y miró la base. —Tanakhmet—, descifró el nombre.

—Al menos puedes leer algo. Mara le dio un codazo suave a su amiga. — ¿Qué significa?

—Es un nombre.

Mara se inclinó más cerca para echar un mejor vistazo.

—No está en un cartucho.

Layla suspiró impaciente, pero inmediatamente se sintió avergonzada. *Si ella estuviera hablando de cómo funciona el riñón, yo también haría preguntas de aficionados.* Ella le mostró una cálida sonrisa a Mara y respondió:

—El cartucho estaba reservado para reyes y reinas—. Esperando que la explicación fuera suficiente y Mara no hiciera más preguntas, puso el vaso sobre la mesa y se puso de pie. Se agachó junto a la mesa, mirando el vaso, — ¿Cuál es tu secreto? —Miró fijamente la hermosa pieza antigua, entrecerrando los ojos. — ¿Qué...? —Ella se apresuró a tomar su bloc de notas y pluma.

¿Cómo había pasado por alto que algunos de los símbolos e imágenes tallados estaban más altos que otros? Fue un error de novato. Sin su lupa profesional, no sería capaz de medir con precisión la profundidad solo mirándola, por lo que cerró los ojos y pasó los dedos sobre los jeroglíficos tallados. Al hacerlo, reveló que había tres alturas diferentes.

Primero, escribió el significado de los grupos de imágenes que estaban más altos y lo leyó en voz alta:

—Yo, Tanakhmet, el Gran Visir del faraón Amenmesse, maldigo al príncipe Akhmose, hijo de la reina Takhat. Lo maldigo para que olvide los nombres de los cuarenta y dos jueces del inframundo. —Layla se sentó atónita mientras sostenía el pequeño vaso en sus manos. Ella susurró, — ¡Esto es una maldición!

Mara sofocó un bostezo y preguntó:

— ¿Qué son esos jueces?

Layla sonrió y recitó un pasaje del Libro de los Muertos:

—"Si los muertos no pueden demostrar que conocen los nombres de cada uno de los jueces, no pueden probar que son puros y libres de pecado. Anubis, el dios de la muerte y del más allá, pesa sus corazones contra la pluma de Maat. Si sus corazones son más pesados que la pluma, serán devorados por la Diosa Ammit, destruyendo sus almas permanentemente. No serán presentados a Osiris, quien podría admitirlos en el Sekhet-Aaru, el Campo de Ofrendas, que es el paraíso celestial donde Osiris gobierna."

Mara parecía olvidar lo somnolienta que estaba y le dio un empujoncito a su amiga.

— ¡Lee más!

Layla volvió a pasar el dedo por encima de los jeroglíficos, concentrándose en los símbolos que fueron tallados un poco más bajo que el primer grupo. Tocó el buitre con una cabeza humana tallado y se lo mostró a Mara.

— ¿Ves esto? Este es Ba, el símbolo del alma. ¿Ves esto? — Layla tocó el símbolo circular con una base. —Esto significa eternidad. Y éste similar al Ankh significa protección.

Los ojos de Mara estaban abiertos por el asombro.

— ¡Guau!

Layla sonrió; esto era lo más despierta que había visto a su amiga en casa a esta hora de la noche. Por lo general, se estaría preparando para irse pronto a la cama. Layla mordisqueaba su uña.

—De acuerdo, necesito concentrarme.

— ¡Voy a callarme y sólo escucharé! —Mara prometió. —Pretende que no estoy aquí.

Layla escribió las palabras descifradas una por una y se concentró en poner el grupo de símbolos en orden.

—Este es el signo de nudo, ese es pluma, pero no recuerdo éste. —Layla se puso de pie para agarrar sus libros, buscando el símbolo. Ella soltó un gritito cuando lo encontró, —Oh, este es el símbolo de cuerda. ¿Pero qué significa en la oración? —ella murmuró.

Después de horas de buscar y leer los jeroglíficos una y otra vez, sintiéndose emocionada, exclamó:

— ¡Creo que tengo esta parte!

Los ojos de Mara se iluminaron con emoción.

— ¿Qué dice?

—Dice… pero ten en cuenta que es sólo una traducción aproximada. Dice: "Su corazón es más pesado que la pluma de Maat, pero no será devorado por Ammit. Este hechizo lo protegerá. Su alma estará atada por la eternidad y nunca entrará al Sekhet-Aaru."

— ¡Oh, dios mío! Traduce el resto. No puedo esperar a oírlo. Voy a preparar una margarita mientras trabajas en ello.

Layla miró a su amiga y rápidamente desvió los ojos hacia el frasco, murmurando.

—Eso sería agradable.

La tercera parte resultó ser la más difícil de decodificar. Después de tres margaritas y terminar un libro que comenzó a leer hace una semana, Mara se durmió en el sofá. Layla cubrió a su amiga que roncaba suavemente con el edredón de su abuela y continuó decodificando las palabras y los grupos de palabras para dar sentido a la escritura pictográfica.

— ¡Oh, dios mío! —Layla gritó mientras el viejo reloj de su abuelo marcaba la medianoche. Su sangre se enfrió cuando se paró de un salto y se quedó quieta, mirando el vaso canopo.

Los ojos de Mara se abrieron, y miró alrededor de la habitación con una expresión de pánico.

— ¿Quién...? ¿Qué pasó? —Ella se sentó y tiró el edredón al suelo. — ¿Qué pasa? —preguntó. Al ver el terror en la cara de Layla, Mara se puso de pie y agarró por los hombros a su amiga. — ¡Layla! ¿Qué pasa? ¡Me estás asustando!

El cuerpo de Layla tembló al mirar a Mara, y luego se relajó un poco. Empezó a tartamudear.

—Yo... terminé... la... la traducción. No vas a creerlo.

Layla estaba pálida, casi demasiado pálida. Mara la sostuvo por los hombros y la sacudió.

— ¿Qué pasa? ¡Dime! —Exigió.

Se sentaron en el sofá, una al lado de la otra, y Layla miró sus notas.

—Este es un hechizo poderoso y no estoy segura de sí debería tomar esto en serio o... —sostuvo la mano de Mara y continuó. —Dice, "Mi maldición se desbloqueará cuando aquella que nació a medianoche despierte nuestras almas. Yo Tanakhmet, maldigo a Akhmose a caminar por la Tierra como un fantasma para siempre sin descanso. Lo maldigo para enamorarse de aquella persona que nació a medianoche, para que nunca la tenga. Mi alma tomará un cuerpo, y poseeré el alma reencarnada de Anakhmun."

Mara, frotándose los ojos para quitarse el sueño, preguntó:

— ¿Qué significa? ¿Quién es esta persona "nacida a medianoche"?

—El nombre Layla significa 'nacida en la noche' en egipcio antiguo. Mi mamá me dio este nombre porque nací a medianoche, hace veintiséis años. ¿Yo podría ser el alma reencarnada de Anakhmun?

Capítulo cinco

Época actual

La vieja campana de la iglesia sonó doce veces, el sonido resonó a través del museo silencioso, haciendo su camino hacia el estudio medio oscuro de Layla. Akhmose se estiró y se sentó sintiéndose aturdido y desorientado. Miró alrededor de la gran habitación que estaba iluminada por la luna llena a través de la ventana. *¿Dónde estoy? ¿Qué es este extraño lugar?* él pensó, sintiéndose confundido. *¿Cómo llegué aquí?*

Miró hacia la ventana. La luna pálida y los sonidos chirriantes de los pájaros e insectos nocturnos rompían la serenidad. Akhmose se puso de pie y comenzó a caminar hacia la ventana, pero se sentía como si estuviera caminando en el aire. Mirando hacia abajo a sus piernas, se dio cuenta de que sus pies no tocaba el suelo. Sorprendido, se concentró en estar de pie con los pies firmemente en el suelo. Cuando descendió, sintió el suelo bajo sus pies descalzos. *¿Qué está pasando? ¿Estoy soñando?*

A medida que sus ojos se ajustaban a la luz de la luna, miró a su alrededor y vio un sarcófago en el centro de la habitación. *Qué extraño. Este lugar no parece una cámara funeraria.* Caminó de regreso hacia el sarcófago y dejó caer su mano a la superficie, sólo para ver sus dedos hundirse en la madera maciza sin resistencia. Quitando la mano de un tirón, miró al gran sarcófago en total confusión. Podía ver la cara pintada en el exterior, y en ese momento, se dio cuenta de que el sarcófago había sido hecho para él. *Pero no estoy muerto. Estoy soñando.* Suspiro de alivio. *¡Eso es! Este lugar no es una cámara funeraria y no puede ser el hermoso lugar de la otra vida, el Sekhet-Aaru.*

Y además, incluso si estuviera muerto, el sarcófago no debería estar cerrado, no hasta que mi cuerpo fuera colocado dentro.

— ¿Dónde estoy? —Su voz resonó en la habitación, pero sólo fue recibida con silencio. El pánico comenzó a invadirlo, sin saber por qué lo habían traído a este extraño lugar. Enterró su rostro en sus manos y sintió la piel suave y los músculos debajo. *Mi cuerpo se siente sólido y real, sin embargo, todo lo que me rodea se siente tan ligero como las nubes. ¿Por qué?*

Sus pasos no hicieron ningún sonido mientras caminaba hacia las paredes. Estante sobre estante estaba lleno de rollos de papiro, pero parecían viejos y descoloridos. Vio símbolos extraños pintados en pequeños cuadrados de papel, pero él no podía leerlos. Ninguna de las figuras tenía sentido alguno. Se sentía ansioso y perdido.

Entonces, vio jeroglíficos coloridos. Eran tan claros, reales y hermosos. *Quien sea que los haya pintado debe haber sido educado por un gran maestro.* Trató de desenrollar uno de los papiros, pero sus manos se hundieron en él. Se rindió y se dio la vuelta.

De repente, un haz de luz brillante barrió el suelo y luego las paredes. Se congeló mientras sus ojos seguían la luz. ¿Era eso una señal? ¿Qué causó esta extraña luz brillante? Parecía ser tan pura como el sol, pero ¿cómo se podía ver por la noche? ¿Estaba en el reino de los dioses? Pasos pesados se acercaban, y se movió hacia el sonido. Un gran hombre con ropa extraña sostenía una antorcha que no ardía con llamas. *¡Eso no es una antorcha con fuego!* Akhmose decidió. *¿Cómo pudieron atrapar la luz del sol en ese pequeño objeto cilíndrico que el hombre está sosteniendo?* El extraño hombre parecía viejo y desgastado, sin prestarle atención. Akhmose cruzó los brazos y ordenó:

— ¡Dime qué es este lugar!

Su rostro enrojeció cuando el hombre se negó a responder, o incluso mirar en su dirección. ¿Cómo se atreve? ¡Era Akhmose, hermano del faraón de Egipto! Dio un paso más cerca del hombre tratando de evitar la luz brillante. De pie frente al hombre, gritó:

— ¿Me oyes?

El hombre de aspecto corpulento ni siquiera parpadeó. *¿Qué le pasa a este hombre? Y los dueños de este lugar, ¿por qué están contratando a ciegos y sordos?* Akhmose suspiró y se apoyó contra la pared. Se había dado por vencido a tratar de llamar la atención del hombre. Toda su vida, fueron pocos los que se atrevieron a ignorarlo, y aún menos los que no fueron castigados por dichas transgresiones.

Su mirada se sintió atraída por la luna y sonrió. Estaba en un lugar donde nada era familiar excepto la luna mirándolo fijamente. Trató de relajarse y aliviar la tensión formada. *Una mente problemática atrae confusión, pero una cabeza despejada atrae la solución.* Su padre se lo había dicho muchas veces y siempre había funcionado para él. Trató hacerlo funcionar, una vez más.

La luz brillante de la antorcha del extraño aterrizó sobre él brevemente, y se preguntó si la luz estaba destinada a hacerle daño. Retrocedió hacia atrás con un brinco por instinto, pero cuando la luz pasó por su cuerpo, no sintió nada. Sin calor en su piel, sin quemaduras por la luz. No era nada como el sol. Perdido en sus pensamientos, Akhmose no se dio cuenta de que el hombre caminaba en su dirección. Cuando el extraño estaba a un paso de él, no se detuvo. Antes de que pudiera moverse, Akhmose sintió que el hombre atravesaba su cuerpo, que se sintió como una ráfaga de aire frío.

El extraño respiró bruscamente.

—Una ventana debe estar abierta en algún lugar. Está frío aquí—, murmuró y se estremeció. Akhmose miraba horrorizado y sin poder entender ni una palabra de lo que decía. El hombre iluminó con su linterna los estantes y continuó su monólogo: —Este lugar me está dando escalofríos. Ojalá pudiera conseguir un trabajo normal. —Rápidamente se dio la vuelta y comenzó a caminar hacia la puerta.

Sorprendido, Akhmose extendió la mano y tocó el brazo del hombre.

— ¿Qué hiciste? ¿Cómo hiciste eso? ¿Cómo caminaste a través de mí? —Se retiró horrorizado cuando su mano y sus dedos se hundieron en el brazo del hombre.

El guardia gritó de miedo.

— ¿Quién está ahí? ¿Hay alguien ahí? —Sus ojos se ensancharon mientras miraba alrededor de la habitación vacía. Se giró y corrió tan rápido como pudo, sus pasos resonando por el largo pasillo.

Akhmose siguió al hombre que hablaba en una lengua extraña. Vio a otro hombre caminando hacia ellos por el largo pasillo. La luz cegadora de su antorcha oscilaba mientras movía la mano.

— ¡Earl! ¡Hay un fantasma! Me largo de aquí. —El hombre corpulento señaló el taller de Layla con los dedos temblorosos.

— ¡No seas estúpido! —El hombre más alto sacudió la cabeza y se quejó. — ¿Qué estás diciendo? No hay tal cosa como fantasmas.

El hombre más bajo tartamudeó.

— ¿No? En ese caso nunca te ha tocado uno.

El hombre más alto se quejó y se estremeció.

—Bien, salgamos de aquí.

Estoy en un mundo extraño y no entiendo lo que esta gente está diciendo. ¿Por qué estoy aquí? ¿Soy un fantasma? Akhmose vio a los hombres iluminando por todas partes con sus luces. Se preguntó quiénes eran. Llevaban el mismo traje negro y parecían ser vigilantes más que ladrones.

Akhmose se quitó de encima la inseguridad y comenzó a vagar. *Debo encontrar a alguien que hable mi lengua y que me explique lo que estoy haciendo aquí.* Caminó de habitación en habitación y de pasillo en pasillo hasta que se encontró con una puerta grande. Cuando trató de agarrar el pomo de la puerta, su mano y su brazo pasaron a través de él. Fue una experiencia extraña. *¿De verdad* soy *un fantasma? Puedo sentir mi cuerpo, pero todo lo que me rodea se siente como si estuviera hecho de nubes.* Sintiéndose más curioso que asustado, pasó su pie a través de la puerta gruesa y cuando no sintió dolor o presión, rápidamente pasó todo su cuerpo para encontrarse frente a unas escaleras anchas de piedra.

Debe ser un templo, Akhmose miró hacia atrás al edificio con pilares altos. Bajó las escaleras y miró a su alrededor con asombro. Todo parecía extraño. Nunca había visto nada igual. Las edificaciones estaban juntas una al lado de la otra y eran casi tan altas como las pirámides. Nunca había visto tantas grandes edificaciones juntas. Maravillado ante las luces, que brillaban desde la parte superior de los postes largos, empezó a cuestionarse. *Hay tanta gente caminando por ahí. ¿Por qué no están durmiendo? Sólo los vigilantes y la gente malvada se mueven después de la puesta del sol. Al menos en el mundo, yo sabía.* De repente, sintió un poderoso tirón arrastrándolo. Todo se convirtió en un borrón.

Capítulo seis

Época actual

De repente, la sensación se detuvo. Akhmose se quedó quieto, atento a cualquier sonido, pero todo estaba tranquilo. Abrió los ojos cuando sintió tierra firme bajo sus pies. El suelo era diferente, se sentía suave como las alfombras tejidas de sus habitaciones en el palacio, solo que más suave. Estaba agradecido de que sus pies estuvieran en terreno firme, hacía que la experiencia fuera mucho menos incómoda. Ya sentía que estaba perdiendo la cabeza, así que se negó a pensar sobre cómo de repente estaba en una habitación extraña. Esperó a que el pánico empezara, pero se sintió extrañamente tranquilo. Miró a su alrededor y trató de dar sentido a lo que le estaba sucediendo.

La pequeña habitación llena de cosas estaba medio iluminada por la luna. Se estremeció, dondequiera que estuviera, no era su hogar en su amado Egipto. Oyó un suave quejido y cuando giró la cabeza, sus ojos cayeron sobre una hermosa mujer en una cama de color lila. Su pelo largo y negro se extendía sobre la almohada, y en su sueño tranquilo, una pequeña sonrisa se formaba en la esquina de sus bien proporcionados labios.

Akhmose estaba congelado, hipnotizado por la visión de la curva de sus cejas oscuras, su piel suave y besada por el sol, y el suave subir de su pecho con cada respiración.

—Anakhmun, mi amada—, susurró. *¿Podría serlo?* Pensó y se inclinó hacia adelante para echar un vistazo más de cerca. *No, sólo tiene un parecido.* Se dio cuenta. *¿Me pregunto quién es ella?*

Dio unos pasos para acercarse a la cama y acarició suavemente la cara. Gritó con gran sorpresa y le quitó la mano de la cara:

— ¡Puedo sentirla! —Extendió la mano y tocó la almohada, pero su mano se hundió en ella. Luego trató de tocar la cama y la pequeña mesita de noche; el resultado fue el mismo. — ¿Por qué puedo sentirla? —Susurró. —No podía sentir el cuerpo del hombre que caminaba a través de mí, y todo lo que me rodea se siente como si estuviera tocando nubes.

De repente, sintió un tirón extraño. *¡Otra vez no! Quiero quedarme aquí, con ella.* Suplicó, pero sorprendentemente, el tirón poderoso nunca llegó y se quedó en la habitación. En cambio, sintió la necesidad de tocar el pequeño jarrón de mármol en su mesita de noche. Su mano no se hundió en el mármol verde, y se sintió caliente a su toque. Tomó el jarrón y caminó hacia la ventana para examinarlo a la luz de la luna.

Casi dejó caer el jarrón cuando reconoció su propia cara en él. *¿Qué me está pasando? ¿Por qué mi cara está en un jarrón que se asemeja a un vaso canopo?* No tuvo ninguna respuesta y sintió una vibración familiar debajo de sus dedos como si las pulsaciones vinieran del vaso. Se tocó el pecho, pero no sintió el golpeteo de su corazón. Repentinamente se sintió mareado, haciéndolo balancearse sobre sus pies. Se estabilizó agarrando el reposabrazos de la gran silla junto a la ventana y se sentó.

Sostuvo el frasco contra el pecho. La vibración del frasco que se sentía como rítmicos latidos y la respiración suave y tranquila de la mujer durmiente calmaron sus nervios desgastados. Los mareos pasaron y miró más de cerca el vaso. Podía leer los jeroglíficos por la suave luz de la luna e inmediatamente reconoció el estilo de escritura de Tanakhmet. Rápidamente leyó la maldición que explicaba lo que le había sucedido.

Los recuerdos de su vida lo golpearon de vuelta con una fuerza brutal. *Me mató. ¡Soy un fantasma y puedo sentir mi corazón en este frasco!* La realización le golpeó fuertemente.

Mirando a la mujer que dormía tranquilamente, una línea de pensamientos comenzó a amontonarse en su mente. *Ella debe ser 'aquella que nació a medianoche', como dice la maldición. Si soy un fantasma, Tanakhmet también debe serlo. ¿Pero dónde está?*

Akhmose se inclinó hacia atrás en la silla sopesando las posibilidades. Pensó en los hombres del lugar donde se despertó. No podía entender lo que decían, y cuando estaba en el exterior del edificio, nada le recordaba a su amado Egipto. Razonó que su sarcófago debió haber sido llevado a una tierra extranjera.

— ¿Pero por qué? —Preguntó en voz alta. La mujer se movió sobre la cama y rodó de lado. *¿Puede oírme?* pensó, alarmado.

Él la observó atentamente, pero después de que ella moviera sus piernas y tirara de la tela hasta su barbilla, su respiración se ralentizó y continuó durmiendo. Akhmose admiraba las suaves curvas de su rostro y su delicada mano agarrando la tela. *Anakhmun... La amé tanto. ¿Qué le había pasado? ¿Podría ser ella un fantasma o había reencarnado como esta hermosa mujer? ¡El parecido es asombroso!* Akhmose, con lágrimas en los ojos, recordó los labios dulces de Anakhmun y su piel aterciopelada. Se tocó la cara y sintió la humedad de una lágrima en la mejilla. *¿Cómo es posible? ¿Los fantasmas pueden llorar?* Pero rápidamente alejó el pensamiento fuera de su mente. No tenía sentido pensar en algo que no podía entender o cambiar. En cambio, se dejó sumergir en recuerdos.

❧ ❧ ❧

Había tenido una breve visita con el Gran Visir, estaban sentados debajo de las palmeras en el patio del visir. Anakhmun sirvió los refrigerios y cuando sus ojos se encontraron, su corazón dio un doble salto en el pecho y la respiración quedó atrapada en su garganta. Tanakhmet hizo que se retirara con un movimiento de su mano, pero Akhmose la vio unas cuantas veces mientras ella robaba miradas en su dirección desde detrás de un pilar.

Estaba estrictamente prohibido tomar una esclava de cualquiera en el palacio, pero Akhmose no podía sacarla de su

131

mente. Durante meses aprovechó todas las oportunidades para visitar a Tanakhmet para poder verla. Durante sus visitas, se excusaba para utilizar las habitaciones privadas y Anakhmun encontró una manera de encontrarse con él detrás de los pilares que conducían a la parte posterior del patio. Hablaban durante unos minutos y después se robaron algunos dulces besos cada vez que tuvieron la oportunidad. Akhmose quería más, pero sabía que sería imposible, a no ser que Tanakhmet se la diera como regalo.

Tanakhmet no pareció prestar atención a la razón principal de sus visitas porque tenían mucho de qué hablar. El faraón estaba gravemente enfermo, y era cuestión de tiempo para cuando Akhmose tuviera que asumir las responsabilidades de un regente del joven príncipe cuando fuera coronado faraón.

Cuando el embarazo de Anakhmun comenzó a redondear su vientre, Tanakhmet perdió interés en ella y la hizo trasladarse al alojamiento de los sirvientes, donde tuvo tanta libertad como quiso. No se le daba ninguna tarea, la razón por la que se quedó con los sirvientes fue para mantenerse fuera de la vista de Tanakhmet. Esos fueron los meses más felices en la vida de Anakhmun desde que se vio obligada a vivir en el palacio.

Unas semanas después de dar a luz a su hija, su felicidad robada terminó. Tanakhmet le ordenó que regresara a sus aposentos y se metiera en su cama.

— ¡No puedo! —Anakhmun lloró en el hombro de Akhmose. —Lo detesto. Es un hombre enfermo, me torturará de nuevo. No puedo... Prefiero morir.

Sus profundos sollozos rompieron el corazón de Akhmose.

—Voy a hacer planes. Saldremos del palacio. Prefiero vivir en una cabaña y trabajar en los campos que dejarte sufrir.

— ¡No! —Anakhmun gritó. —No puedes sacrificarte por mí. Eres un príncipe y tienes obligaciones. El faraón se mudará al más allá pronto. ¿Qué pasaría con Egipto si no fueras el regente del joven príncipe? Tanakhmet destruiría lo que tu padre y tu hermano construyeron.

—Encontraremos la solución. —Akhmose la abrazó.

Anakhmun se apresuró a regresar a los aposentos de Tanakhmet, pero esa noche, ella se coló de nuevo en la habitación de Akhmose y se lanzó a sus brazos.

—Gracias a los dioses, el faraón lo envió a la frontera, y ya se fue. Escuché decirles a los sirvientes que estará fuera por lo menos seis vueltas de luna.

Pasaron juntos cada minuto que pudieron mientras Tanakhmet no estaba. Hicieron el amor bajo la luz de la luna, tomaron un baño nocturno en el Nilo y largos paseos por los campos.

Y entonces, Tanakhmet, después de tres meses, llegó inesperadamente a casa. *¡Me mató!* Akhmose recordó, odio puro aumentando en su mente llenando todo su ser. *¿Qué hizo con ella y su bebé?*

Capítulo siete

Egipto, 1198 a. C.

Los disturbios en la frontera tomaron menos tiempo del que Tanakhmet esperaba, y después de tres meses agotadores, estaba regresando al palacio. Anhelaba la comodidad de sus aposentos y de los siervos que lo esperaban a cada momento del día. Y anhelaba a su esclava favorita. Su belleza era cautivadora, y anhelaba verla y poseerla de nuevo.

Paseaba por el palacio, sus pasos resonando en los largos pasillos. Cómo había extrañado las hermosas pinturas murales y las magníficas estatuas de los dioses que bordeaban los amplios pasillos. De repente se detuvo cuando vio a Anakhmun cerrando la puerta de los aposentos de Akhmose detrás de ella.

—Volveré pronto después de alimentar a mi bebé—, dijo a través de la puerta medio abierta. Su rostro estaba sonrojado, y una sonrisa de felicidad le bailaba en la esquina de sus labios. Se congeló al voltearse y ver a Tanakhmet y se recargó contra la pared, temblando de miedo.

Se acercó a ella y la agarró del brazo. Ella hizo una mueca por su agarre, pero no dijo nada mientras él la arrastraba a través de los pasillos hacia sus aposentos. Ella sabía que era mejor callarse y rezar que la cruel tortura a la que se enfrentaría no durara mucho tiempo.

La tiró al suelo en su habitación, gritando:

— ¿Qué hacías en la habitación de Akhmose? ¡Me perteneces!

Ella bajó la cabeza y susurró, con los labios temblando.

—Su sirviente necesitaba ayuda con un bordado.

Dio un paso hacia atrás y la observó.

— ¡Estás mintiendo! —la acusó y la golpeó en la cara. Anakhmun lloriqueó y se encogió de nuevo, pero sus ojos como el carbón brillaron con rabia asesina oculta por sus gruesas pestañas.

Esta no es la triste y humilde esclava que dejé hace tres meses. Ella parece... feliz. Debo averiguar quién la hizo tener mejillas sonrosadas y le puso una sonrisa en su cara, él pensó.

— ¡Vete! Te haré llamar esta noche. —Él dio el permiso para que se retirara. Necesitaba tiempo para pensar en su castigo.

Una mirada de alivio cruzó su rostro mientras ella se apresuraba hacia la puerta. Sus pasos eran lo suficientemente ligeros como para que él pudiera oírlos, así que esperó unos segundos antes de perseguirla. Era un guerrero, y sabía cómo aligerar sus pasos y permanecer oculto detrás de los pilares. La observó mientras corría por los pasillos de vuelta a los aposentos del príncipe Akhmose, abría la puerta y se deslizaba dentro.

Tanakhmet se acercó a la puerta ligeramente abierta a tiempo para atraparla diciendo:

—Casi fui atrapada. No puedo venir aquí tan a menudo ahora que Tanakhmet ha vuelto. Debe haberse agotado en el camino de regreso, estaba segura de que iba a estar atrapada en su habitación por el resto del día. No puedes imaginar cuánto lo detesto.

—Mi Anakhmun, me gustaría...

Tanakhmet abrió de golpe la puerta, causando que la esclava se alejara de Akhmose quien se colocó frente a Anakhmun, gritando:

— ¡Sal de mi habitación!

Furioso, Tanakhmet sacó su espada y cortó la garganta de Akhmose, rugiendo.

— ¡Ella es mía!

El repentino ataque dejó indefenso a Akhmose. Cayó al suelo con sangre gorgoteando de su garganta. Con un último aliento, la vida dejó su cuerpo. Anakhmun soltó un grito desgarrador y se arrodilló a su lado. Miró a Tanakhmet con dolor y odio en los ojos.

— ¡Te maldigo! —Ella gritó. —Te maldigo para que nunca encuentres la felicidad y que por siempre ansíes lo que no puedes tener.

La realización de lo que había hecho golpeó a Tanakhmet como una tonelada de ladrillos.

— ¡Tú eres mía! —gruñó mientras le tocaba el pecho con la espada ensangrentada. —Podrías haber tenido lo que quisieras, pero en su lugar, te entregaste a él. Morirás sabiendo que fuiste la razón de su muerte.

—Ya no tengo motivos para vivir—, susurró Anakhmun. —Le di mi corazón, y me dio más de lo que me podrías dar. Ni aunque vivieras miles de años.

Su orgullo herido empapaba su cerebro en una niebla roja de ira y levantó su espada para clavarla en su pecho. Anakhmun cayó de rodillas junto a Akhmose y su mano se extendió para tocarlo. Miró al asesino de su amado con profunda determinación en sus ojos.

— ¡Mátame! —Ella gritó.

Tanakhmet retrocedió y bajó la espada. El odio que brillaba en sus ojos ardía en su alma.

— ¡No! —dijo con calma, y una sonrisa calculadora y cruel se extendió en su rostro. — ¡Tú serás mía!

Anakhmun soltó un grito desgarrador y se arrastró de rodillas hasta el cuerpo de Akhmose para abrazarlo.

Tanakhmet se río fuertemente demostrando el placer de la vista de la agonía de la mujer. Él extendió la mano, agarró su brazo, y la tiró a sus pies. Anakhmun se resistió, y él la tiró al suelo, pateándole su costado. Ella sintió y oyó el crujido de sus costillas y se desmayó.

La furia celosa de Tanakhmet se calmó y su naturaleza calculadora y fría tomó las riendas.

—Akhmose le había dado su corazón a una mujer inferior que era de mi propiedad y a la que amaba a mi manera, así que es justo que entre al más allá sin su corazón. —Sacó la daga de su vaina, se arrodilló al lado del cuerpo sin vida de Akhmose y sacó su corazón. Todavía estaba caliente. Sacó la tela de una mesa y envolvió el corazón en ella.

Anakhmun gimió y lloriqueó de dolor cuando trató de moverse. Tanakhmet la levantó de un jalón y la arrastró por el brazo cerrando la puerta detrás de ellos, dejando el cuerpo del príncipe tendido en el suelo en un charco de sangre.

Corriendo a sus aposentos siguió pensando. *Akhmose habría sido el regente perfecto para el niño faraón. El niño escuchaba cada palabra y confiaba en él, y, aun así, Akhmose me había traicionado.*

Tenía que darse prisa. Nadie lo vio en esa habitación; por lo tanto, nadie sospecharía de él. Los siervos pronto encontrarían el cuerpo de Akhmose y él inspeccionaría los preparativos del entierro.

Cuando llegaron a sus aposentos, arrojó a Anakhmun a un armario de agua y la encerró. Llamó a sus sirvientes y ordenó a uno que hiciera guardia junto a la puerta.

— ¡Nadie que no sea yo abre esta puerta! ¿Entiendes?

El siervo asustado asintió con la cabeza, con miedo de proferir sonido alguno y se paró junto a la puerta con las piernas temblorosas.

Capítulo ocho

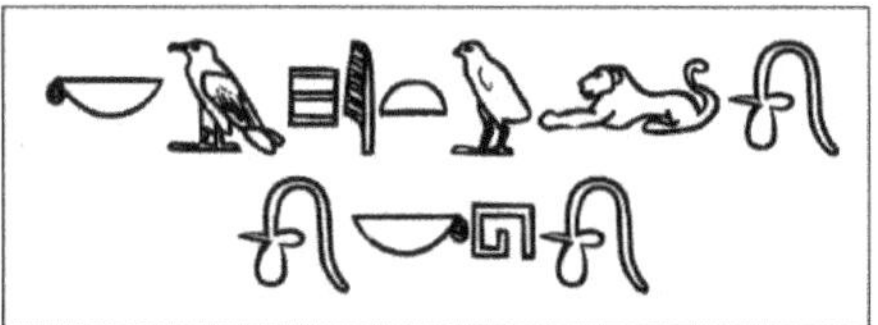

Época actual

Akhmose alejó sus ojos de la mujer que se parecía tanto a su amada Anakhmun. Pensamientos fugaces corrieron por su mente. ¿Qué había sido de su hermano? ¿De su sobrino? ¿De su amada? ¿Fue maldecida al igual que él? ¿Pasó el resto de sus días atormentada por él? ¿O fue asesinada por sus transgresiones? ¿Por qué el Gran Visir se había enojado tanto? ¿La amaba a su enferma manera? Akhmose amaba a Anakhmun, y aunque ella era una esclava, no era como si pudiera hacerla su esposa. Sabía que tenía una obligación con su país, o al menos hasta que el hijo de su hermano tuviera la edad suficiente para tomar el trono. No abandonaría a su país cuando más lo necesitaban, e incluso Anakhmun entendía eso.

Layla se movió estando dormida, y sus ojos se abrieron. Su mirada se enfocó en el hombre sentado en su silla, y su grito resonó a través de la pequeña habitación.

Akhmose, sorprendido por su grito estridente, se puso de pie.

— ¿Puedes verme? ¿Cómo es posible?

El segundo grito se congeló en la garganta de Layla y la curiosidad superó el miedo cuando se dio cuenta de que el hombre estaba hablando la lengua que no había sido hablado durante miles de años.

Escucharon pasos apresurados y Mara irrumpió por la puerta con un bate de béisbol en la mano.

— ¿Qué? ¿Qué pasa? —Gritó mirando alrededor de la habitación como una loca.

Layla señaló en la dirección donde estaba Akhmose.

— ¡Hay un hombre en mi habitación!

— ¿Dónde? —Mara se dio la vuelta con el bate alzado, lista para golpear al intruso.

— ¿No lo ves? ¡Está parado justo ahí!

Mara miró la silla vacía que Layla estaba señalando, pero luego la miró con confusión.

—No hay nadie allí.

— ¿Estás ciega? Hay un hombre parado junto a la silla vestido con... ¿Qué demonios es esto...? —Ella se puso de pie y miró al hombre. — ¡Está vestido con una túnica y está usando el tocado de los príncipes de Egipto en su cabeza!

Akhmose se quedó quieto con las manos en alto, tratando de alejarse de Mara. Sus ojos miraban de un lado a otro entre ellas. Aunque el lugar no se veía nada como un palacio, estaba seguro por la actitud segura y autoritaria de las dos jóvenes de que definitivamente no eran sirvientes.

Mara bajó su bate asegurándose que nadie estuviera en la habitación además de Layla y ella. Miró fijamente a su amiga y le preguntó:

— ¿Qué pasa? ¿Estás bien? ¡Me estás asustando!

Layla ignoró a Mara, cuyo rostro mostraba preocupación y confusión, claramente no estaba impresionada de que su mejor amiga la hubiera despertado en medio de la noche con un grito estruendoso y clamando ver a un hombre que no estaba allí.

Layla sabía que sonaba loca, pero ni en un millón de años podría haber imaginado el sonido que había salido por los labios del hombre. Era una lengua que nunca pensó que sería capaz de escuchar con tanta fluidez.

Se estremeció cuando ella dio unos pasos hacia él y tocó su brazo desnudo. Su toque le puso la piel de gallina.

—Puedo sentir tu toque—, él susurró.

—¿Por qué no lo harías? —Layla habló en la lengua antigua.

Le tocó la mano regocijándose.

—Me entiendes. Anakhmun, ¿eres tú? ¿Los dioses nos concedieron estar juntos en el más allá? —Su voz era suave y aunque ella no entendía cada palabra que decía, comprendía lo esencial.

El extraño hombre que tenía enfrente y que sólo ella podía ver, pensaba que ella era otra persona. Alguien a quien probablemente amaba. Ella retrocedió hacia Mara.

—Mi nombre es Layla, y por lo que sé, esto no es el más allá. ¿Quién eres tú?

Mara envolvió sus brazos alrededor de los hombros de Layla y la ayudó a sentarse en la cama.

—Me estás asustando. ¿Qué está pasando? ¿Con quién estás hablando? —Ella preguntó mientras pensamientos frenéticos pasaban por su mente. *La esquizofrenia generalmente se manifiesta a principios de los veinte años, pero también puede comenzar a finales de los veintes. Sé que ella habla árabe, pero ve a un hombre en la habitación. Debo encontrar la manera de convencerla de que vaya al hospital y sea ingresada para obtener un diagnóstico adecuado.*

Layla miró fijamente al hombre.

—¿Quién eres y por qué estás aquí?

—Mi nombre es Akhmose, hijo de Takhat y hermano del faraón Amenmesse—, respondió.

—¿Eres un fantasma? ¿Por eso mi amiga no puede verte? ¿Pero por qué yo sí puedo verte y tocarte?

—Sí, parece que soy un fantasma. Ahora recuerdo mi vida. Tanakhmet me asesinó y me condenó a vagar por la Tierra como un fantasma para siempre sin descanso. —Inclinó la cabeza, pero después de recordar la maldición que leyó en el vaso, miró a los ojos a Layla. —Debes ser quien rompió la maldición. La que nació a medianoche.

Mara tomó la barbilla de Layla y giró su cabeza.

— ¡Deja de ver esa silla, mírame! Tenemos que ir al hospital. Estás teniendo alucinaciones auditivas y visuales. Hay que vestirnos y nos vamos.

Layla se zafó de la mano de Mara.

— ¡No estoy loca! ¿Alguna vez has escuchado de alguien que tenga alucinaciones de un hombre al que también puede tocar su cuerpo?

—No, pero... —, dudó Mara.

—Él es el fantasma de Akhmose. Creo que su corazón está en el vaso que tiene la maldición tallada en él. No sé por qué, pero por alguna razón, puedo verlo y oírlo, y le he tocado el brazo. Se siente como una persona de carne y hueso para mí.

— ¡Espera un minuto! Esto es una pesadilla. No puede ser verdad—, tartamudeó Mara.

Akhmose miró de un lado a otro entre las mujeres. No entendía el extraño lenguaje y la mujer con el pelo rojo rizado parecía dudar de lo que Layla le estaba diciendo.

— ¿Podrías decirle quién soy? —Habló con Layla.

— ¡Lo estoy intentando! Ella cree que estoy loca—, espetó.

Mara la miró con los ojos abiertos, sacudiendo la cabeza.

— ¡No puedo creerlo! Estás hablando con un fantasma al que no puedo ver, pero lo estás haciendo.

—Por favor, sólo tenme paciencia. Vamos a resolver esto. — Layla rogó.

Akhmose levantó la mano para llamar la atención de Layla.

—Veo que tu amiga tiene dudas. Tengo una idea de cómo podemos hacerle creer que estoy aquí.

—Te escucho. Se llama Mara—, dijo Layla. Miró a Mara que estaba sacudiendo la cabeza y parecía preocupada.

Akhmose se sentó en la silla y le explicó su idea:

—Dile a Mara que se quede detrás de ti en la esquina, allí, para que no puedas ver lo que está haciendo. —Señaló. —Dile que me muestre algo con la mano, que haga una mueca o que recoja cualquier objeto, y entonces te diré lo que está haciendo.

Los ojos de Layla se iluminaron.

— ¡Esa es una gran idea! —Sintiéndose emocionada, Layla le dijo a Mara lo que el príncipe dijo.

—Está bien, hagámoslo. —Mara estuvo de acuerdo y pensó, *va a darse cuenta que tiene un problema psicológico y me dejará llevarla al hospital.* Se puso de pie y llegó a la esquina detrás de Layla con unos cuantos pasos cortos. — ¿Qué quieres que haga? —ella preguntó.

—Haz lo que quieras, pero asegúrate de que no te vea. — Layla se deslizó en la cama frente a Akhmose.

Mara levantó los brazos.

— ¿Qué estoy haciendo?

—Ella levantó los dos brazos—, le dijo Akhmose a Layla.

—El príncipe dice que estás levantando los dos brazos—, le dijo Layla a Mara en inglés.

Mara quedó boquiabierta.

—Bien, ¿qué estoy haciendo ahora? —Ella preguntó y levantó el teléfono de Layla desconectándolo del cargador en la mesita de noche.

—Ella recogió algo de ese estrado y lo está sosteniendo en la mano, — Akhmose dudó. —No sé qué es, pero es una caja pequeña, blanca, brillante y, por un lado, parece que una luz azul brillante sale de ella.

—Dijo que agarraste mi teléfono. Bueno, él no lo dijo exactamente así, no sabe lo que es un teléfono celular. Él lo describió como una caja pequeña, blanca, brillante con una luz azul brillante.

Mara casi deja caer el teléfono y abrió la boca para decir algo, pero la cerró de nuevo. *¿Qué demonios está pasando aquí?*

—Bueno, ¿acertó? —Layla cuestionó.

—Um... Sí, lo hizo. Hagámoslo una vez más para asegurarme. Es posible que hayas adivinado u oído el clic cuando agarré tu teléfono. ¿Qué estoy haciendo ahora? —Mara se levantó la parte superior del pijama hasta la barbilla.

Akhmose la miró y desvió su mirada con una sonrisa tímida.

—Ella me mostró sus hermosos, grandes pechos—, le dijo a Layla.

— ¡Maraa! —Layla gritó dirigiéndose hacia Mara que sólo dejó caer su pajama para cubrirse el pecho. — ¿No tienes decencia?

— ¡No puedo creerlo! Quiero decir, te creo ahora, pero no puedo creerlo. Hay un fantasma de un príncipe egipcio en tu habitación, en medio de la noche.

Layla suspiro de alivio.

— ¿Ves? No estoy loca.

Mara se pellizcó el brazo y gritó de dolor.

— ¡Es realmente cierto! Estoy segura que no estoy soñando.

Capítulo nueve

Egipto, 1198 a. C.

Tanakhmet encontró el vaso que había esculpido en mármol verde.

—Esto será perfecto. —Lo había hecho como un regalo para Akhmose y planeó tallar el hechizo de protección en él. La tapa del vaso tenía el busto de Akhmose tallado en él y estaba cubierto con una fina capa de oro. Le quitó la tapa, colocó el corazón ensangrentado dentro y vertió vino, miel y aceite infundido con hierbas sobre él. Selló la tapa con resina y tomó un cincel fino y un martillo. Talló su nombre en el fondo del frasco, queriendo que Osiris, el Señor del más allá, supiera quién había maldecido al príncipe Akhmose con este destino.

Satisfecho con su nombre en el mármol, comenzó a tallar la maldición a un lado del frasco:

Yo, Tanakhmet, el Gran Visir del Faraón Amenmesse, maldigo al príncipe Akhmose, hijo de la reina Takhat. Lo maldigo para que olvide los nombres de los cuarenta y dos jueces del inframundo. Su corazón es más pesado que la pluma de Maat, pero no será devorado por Ammit. Este hechizo lo protegerá. Su alma estará atada por la eternidad y nunca entrará al Sekhet-Aaru. Mi maldición será desbloqueada cuando aquella que nació a medianoche despierte nuestras almas. Yo Tanakhmet, condeno a Akhmose a caminar por la Tierra como un fantasma para siempre sin descanso. Lo maldigo para enamorarse de aquella que nació a medianoche, pero para nunca tenerla. Tomaré un cuerpo y poseeré el alma reencarnada de Anakhmun.

Tanakhmet sintió el poder precipitándose a través de él mientras hacía las preparaciones.

⌘

El encantamiento y la ceremonia para sellar la maldición tomaron mucha fuerza mental y física de Tanakhmet, pero no tenía tiempo que perder. Había mucho más por hacer antes de que el cuerpo de Akhmose fuera descubierto.

Agarró un tazón de fruta y un paño, se apresuró al armario de agua donde Anakhmun había sido encerrada. Ordenó al guardia que abriera la puerta y entró. Anakhmun se sentó en el suelo en la esquina de la habitación, con la cara empapada de lágrimas, esperando su destino. Levantó la mirada hacia Tanakhmet con odio y dolor en los ojos.

—Le diste tu corazón a Akhmose, así que es apropiado que tu corazón esté en su pecho para siempre. —Se acercó a la mujer temblorosa con unas zancadas, la agarró del hombro y a la fuerza la puso en el suelo. Anakhmun gritó y luchó para escapar de su fuerte agarre, pero ella estaba indefensa. Tanakhmet, mirándola a los ojos, susurró: —Sin tu corazón, no entrarás al Sekhet-Aaru. Reencarnarás en el futuro lejano, en el cuerpo de la descendiente de tu hija, quien nacerá a medianoche. Ella romperá mi maldición y yo *te encontraré.* Serás mía, de nuevo.

— ¡Nunca! No importa lo que me hagas, ¡nunca seré tuya! —Anakhmun gritó.

— ¡Lo serás! —Tanakhmet se río y metió la daga profundamente en su pecho. Le cortó el corazón de su cuerpo antes de que ella tomara su último aliento. Tanakhmet colocó el corazón caliente en el tazón mientras estremecía su último latido. Cubrió el tazón y salió corriendo de la habitación. — ¡Nadie entra allí! —instruyó al guardia mientras se dirigía de vuelta a los aposentos de Akhmose.

Los pasillos estaban desiertos. Tanakhmet entró en la habitación sin ser visto. Tomó el corazón de Anakhmun del tazón y lo colocó en el hueco en el pecho de Akhmose. Satisfecho, se limpió la sangre de sus manos y corrió de vuelta a sus aposentos para esperar.

Tanakhmet fingió estar conmocionado por la noticia de que el cuerpo del príncipe Akhmose fue encontrado. Corrió a la cama de Amenmesse y aseguró al faraón moribundo que su línea de sangre seguiría gobernando, y que él tomaría el papel del regente de su joven hijo.

Procedió a dirigirse a los aposentos de Akhmose para dar instrucciones para comenzar el proceso de momificación de setenta días de duración y los preparativos funerarios.

Capítulo diez

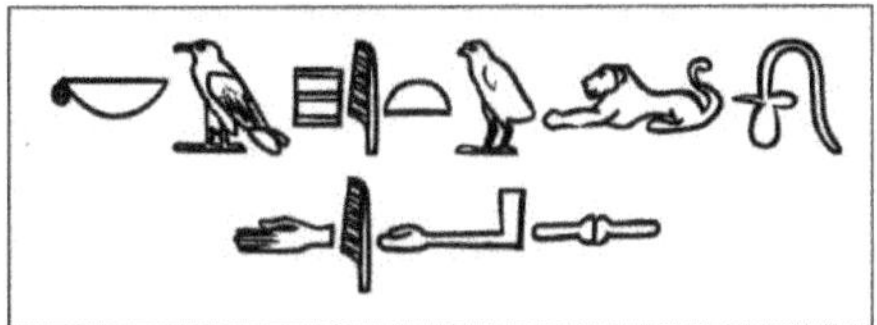

Época actual, Egipto

Tanakhmet abrió los ojos. Estaba en un lugar oscuro. Su cuerpo fantasmal se movió a través de su sarcófago con facilidad.

—Estoy despierto, y soy un fantasma, lo que significa, ¡Anakhmun ha reencarnado! ¡La maldición debe haberse roto!

Flotó a través de la pared de la tumba. El terreno estaba cubierto de arena y ningún esclavo o sirviente patrullaba la zona.

— ¡Este no es mi amado Egipto! ¡Esto es un páramo! — Gritó. Mientras flotaba sobre las dunas de arena, vio a personas cargando objetos de una tumba abierta. — ¡Eso es sacrilegio! ¿Por qué están vaciando esa tumba y cuánto tiempo ha pasado desde mi muerte?

Vio a la gente moviéndose por ahí diciendo palabras extrañas. Comprendió algunas, pero la mayoría sonaban extrañas para él. Sus atuendos no eran nada que hubiera visto, y una sensación de temor lo atravesó al darse cuenta de la gran cantidad de tiempo que debía haber pasado. Se preguntó si alguna vez habían oído hablar de él.

Esperando no haber perdido sus poderes en el inframundo, miró a su alrededor, buscando al hombre adecuado para poseer. Tanakhmet estaba en un apuro de tiempo, pero eso no significaba que poseería un hombre que no fuera capaz de llevarlo a donde tenía que ir. Ya podía sentir el tirón en su pecho hacia donde se había roto la maldición, y estaba más lejos de lo que había viajado antes. El hombre tendría que ser capaz de moverse así de lejos.

Identificó a un joven guapo que parecía estar a cargo. Parecía estar mandando a los trabajadores con naturalidad, y le obedecían. Tanakhmet lo observó por un tiempo y satisfecho con la manera de ser del hombre, comenzó el encantamiento para poseer su cuerpo.

El sol brillante recargó el cuerpo fantasmal de Tanakhmet, y cuando sintió todo su poder, tocó el pecho del joven. Su corazón se detuvo en un instante, y su cuerpo colapsó en el suelo arenoso. Los trabajadores se reunieron en torno a su cuerpo mientras Tanakhmet observaba su alma flotar. El alma del hombre persistió por un momento, y entonces Tanakhmet vio a un grupo de almas reuniéndose a su alrededor. Un momento después su alma se alejó flotando con ellas.

Volvió a invocar el poder y su espíritu descendió al cuerpo del joven. Los recuerdos del hombre pasaron rápidamente a través de Tanakhmet y el cuerpo convulsionó cuando su corazón comenzó a latir de nuevo.

Tanakhmet respiró hondo en el cuerpo del hombre y se sentó.

—Estoy bien. Sólo necesito un poco de agua y descansar a la sombra, —dijo a los trabajadores preocupados, restándole importancia. Las extrañas palabras salían de su boca con facilidad, y debido a que había asimilado la memoria del hombre, ahora comprendió cada palabra. Se puso de pie y caminó a una tienda de campaña no muy lejos de la tumba. Se sentó en un catre permitiendo que su mente explorara los recuerdos del joven.

Una ola de ira lo recorrió por lo poco que se sabía acerca de su hogar cuando Egipto estaba en su apogeo. Su nombre no estaba en ninguno de los libros que este joven había estudiado. Este hombre afirmaba ser un experto en la cultura e historia de Tanakhmet, pero sólo habían rascado la superficie. Hubo tantos príncipes y faraones que nunca fueron descubiertos.

Buscó por el príncipe Akhmose y encontró en la memoria del hombre que su sarcófago había sido descubierto y enviado a los Estados Unidos.

—Gracias Baahir por proporcionarme un cuerpo tan fuerte y todo el conocimiento de tu mundo. Pronto el príncipe Akhmose estará vagando para siempre por este mundo como un fantasma, y Anakhmun será mía de nuevo.

Sentado en el catre, Tanakhmet sonrió, sintiéndose satisfecho. Fue más fácil de lo que pensaba. Tenía los recuerdos e identificaciones del hombre cuyo cuerpo había ocupado. Sería fácil viajar a Albany.

Llamó al asistente de Baahir y le indicó al joven.

—Recibí una llamada urgente, y tengo que ir a Albany por asuntos familiares. Sigan trabajando, y volveré en unos días.

El hombre asintió con la cabeza, y sin preguntas, salió corriendo de la tienda. Tanakhmet encontró el jeep de Baahir y teniendo sus recuerdos, condujo fácilmente al apartamento de Baahir. Llamó a la aerolínea y reservó un asiento en el vuelo de las 2 PM a Nueva York con un vuelo de conexión a Albany.

Durante el largo vuelo, Tanakhmet sintió que el tirón de su maldición se hacía cada vez más fuerte. Cerró los ojos y revivió el día que se vengó de la esclava y de Akhmose por traicionarlo. *Al final, no había nada especial en la sangre real. Había fluido tan libremente como la sangre de la esclava.*

Capítulo Once

Época actual

Akhmose observó como las dos mujeres conversaban en el extraño lenguaje. Las cosas serían mucho más fáciles si Mara pudiera verlo u oírlo. Escaneó las pinturas en la pared y se sintió atraído por las piezas que más se parecían a las que veía en casa, pero estas eran diferentes. En lugar de ser pintadas en las paredes, los cuadros fueron pintados en papiro liso. Observó cómo Mara caminaba en el estrecho espacio entre la pared y la cama de Layla, ansiosamente retorciéndose los dedos.

Mara se detuvo y se puso pálida.

—No puedo decir si estoy más emocionada o asustada. ¿Qué pasará ahora? ¿Qué le va a pasar a él? ¿Se va a quedar aquí? ¡Un fantasma! Estamos en una pesadilla.

—No lo sé. Lo averiguaremos. —Layla inclinó la cabeza. —Nunca he conocido a un fantasma antes, y mucho menos he tocado uno.

—Lo sé, ¿verdad? —Mara soltó una risa nerviosa.

— ¿Por qué no duermes un poco? —Layla le tomó la mano a Mara. —Voy a estar bien, no te preocupes. Tengo tantas preguntas para el príncipe. ¿Te imaginas cuánto podría aprender de él sobre la dinastía XIX?

—Todavía no puedo hacerme a la idea de esto, pero tan inimaginable como es, él sí vivió en aquel entonces. De acuerdo, voy a cerrar los ojos por unas horas, pero si pasa algo, llámame.

—No pasará nada. Es un fantasma, ¿qué podría hacerme?

—Cierto. —Mara asintió con la cabeza, se puso de pie y caminó hacia la puerta. —No te atrevas a lastimar a mi mejor amiga—, advirtió mirando a la silla vacía. — ¡Si haces algo, encontraré la manera de patear tu trasero fantasmal!

Layla se río y Akhmose arqueó su ceja cuestionando silenciosamente.

Mientras Mara salía y dejaba la puerta entreabierta, Layla le dijo a Akhmose lo que Mara dijo. Sonrió, y en ese momento parecía ser que se rompía el hielo entre ellos.

—Vuelvo enseguida—, anunció Layla, poniéndose la bata. —Voy a... ¿Cómo llamas a la habitación donde haces tus asuntos privados?

—Armario de agua. —Akhmose sonrió. —Me quedaré aquí.

Se inclinó hacia atrás en la silla y cerró los ojos, pensando. Anhelaba pasar su mano a través de su cabello sedoso, especialmente ahora que sabía que podía tocarla. Ella era tan diferente de su amada. Sus ojos eran más suaves, y su mirada mucho más segura. Esta no era la misma mujer que luchaba por sobrevivir como esclava. Esta no era la misma mujer que se vio obligada a servir a un hombre que tenía el doble de su edad. Tampoco era la misma mujer que se afeitó la cabeza en señal de obediencia. Ella no era la Anakhmun que una vez había amado. Le encantaba cómo Layla era capaz de sostener su mirada. Podía decir que ella estaba interesada en saber cómo había vivido él, cuán diferente era su vida de la suya. Le encantaba su risa, se veía tan despreocupada en estos momentos, no inmovilizada por el miedo y la preocupación, como lo estaba Anakhmun. ¿Ella lo ayudaría? ¿Podría ser la reencarnación de su amada? ¿Tendría recuerdos de él y de su vida pasada escondidos dentro de su alma? Podría no ser Anakhmun, pero él quería saber más sobre ella.

Layla regresó a la habitación y se sentó en la cama.

—Esta ha sido una experiencia sorprendentemente extraña. Quiero saber todo lo que recuerdes—, declaró.

—Lo último que recuerdo es mi muerte. Morí rápidamente. Pude ver la furia celosa en los ojos de Tanakhmet, pero antes de que pudiera moverme o defenderme, me atacó con su espada y me cortó el cuello. No sé qué fue de Anakhmun.

—Háblame sobre tu vida.

Akhmose habló sobre el palacio donde creció con comodidad y lujo. Estuvo rodeado de belleza y leales sirvientes que lo esperaban día y noche. Pero también habló de la duda y el miedo constante por su vida. No podía comer nada sin que sus sirvientes lo probaran primero y no podía caminar por las calles sin estar rodeado de guardaespaldas. El único tiempo despreocupado y feliz de su vida fue cuando Tanakhmet estuvo fuera y pasó todo su tiempo con Anakhmun.

—Por favor, háblame de tu vida—, él le rogó.

Layla habló de la vida en el Egipto moderno donde creció, y de su vida después de mudarse a Boston, y cuando entró en la universidad en Albany. Tuvo dificultades para entender y pronunciar palabras, pero el príncipe la ayudó. Entendió que su lengua no había sido hablada en miles de años.

—Según la maldición... —Akhmose se preguntó. —Tú podrías ser la reencarnación de Anakhmun.

—Quizá. Eso explicaría mi fascinación por la dinastía XIX. Mi madre rastreó su árbol genealógico hasta cinco generaciones atrás, pero no pudo encontrar ningún documento más antiguo. Pero aparte de eso... soy toda yo. No tengo ningún recuerdo de mi vida pasada, si es que alguna vez existí antes.

— ¿No tienes ninguna sensación o tal vez sueños?

—No. —Layla bostezó mirando el reloj y se dio cuenta de lo cansada que estaba. —Hemos estado hablando durante horas. Necesito dormir un poco, estoy cansada. —Miró a Akhmose: —¿Tú duermes?

Se encogió de hombros y se río.

—No lo sé. Esta es mi primera experiencia como fantasma.

—Bueno, si descubres que puedes dormir, acuéstate en el sofá de la sala de estar. —Layla le dio unas palmaditas a su almohada, llevó su manta hasta la barbilla y se puso de lado mirando a Akhmose.

Akhmose salió de la habitación y se sentó en el sofá en la oscura sala de estar.

Layla cerró los ojos. *Tal vez todo esto sea un sueño y habrá desaparecido por la mañana.* Sonrió. *Pero no quiero que se vaya.*

Capítulo Doce

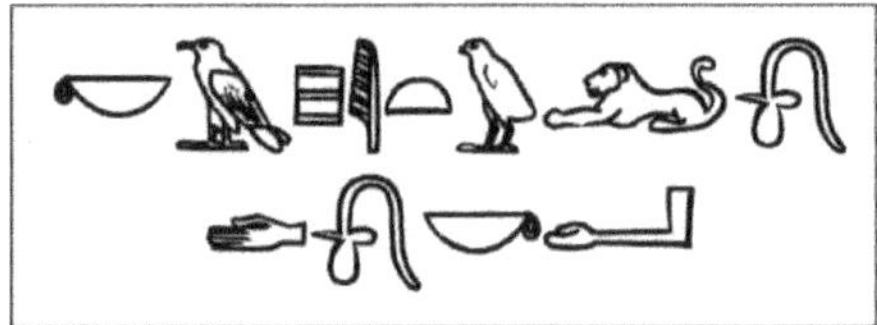

Época actual

Layla abrió los ojos y de repente se hizo consiente de un cuerpo cálido presionándose contra su espalda. Ella trató de sentarse, pero el brazo masculino de un hombre la alcanzó, la jaló hacia su pecho y enterró la cabeza en su cuello. Los acontecimientos de la noche volvieron rápidamente. *¡Qué astuto! No le había gustado el sofá.* Debería haber estado asustada, enojada o al menos muy sorprendida, pero no lo estaba. Para su asombro, ella aceptó todo: maldición, tener a un fantasma en su cama, y todo.

Su cercanía era reconfortante, pero algo estaba mal. Estaba a punto de dormirse cuando se dio cuenta del por qué. No podía oír el sonido del latido de su corazón ni sentir su aliento en el cuello. Se volvió hacia él y trazó su barbilla con el dedo. ¿Por qué estaba tan cómoda en sus brazos? Toda su vida, nunca fue capaz de sentirse totalmente cómoda con un hombre, ni siquiera con Baahir, aunque habían pasado mucho tiempo juntos como pareja en la Universidad. Aun así, se dio cuenta que se estaba poniendo cómoda junto a un fantasma cuyo cuerpo podía sentir.

Mara llamó a la puerta y la abrió.

—Por favor, dime que anoche fue una pesadilla por haberte escuchado decodificar ese frasco.

Layla sacudió la cabeza riendo.

—No fue un sueño. Parece que he atraído a un fantasma con el sueño pesado y su brazo me está inmovilizando.

Mara soltó un quejido.

—Genial. Y pensé que no podía ser más raro. ¿Cómo es que puede tocarte? —Ella se rio disimuladamente, — ¿Cómo se siente acurrucarse con un fantasma?

—Todo debería parecerme extraño, pero no lo es—, murmuró Layla rodando hacia su lado y empujando a Akhmose.

Mara salió de la habitación.

—Voy a hacer el desayuno. ¿A tu invitado le gustan los huevos revueltos?

— ¡Qué chistosa! —Layla se quejó, al levantarse de la cama.

Akhmose se movió y vio a Layla con deseo.

—Eres tan hermosa—, susurró apoyado en su codo.

— ¡Claro! —Layla se sonrojó. —Aliento matutino y cabello desordenado... Debo advertirte, no soy una persona mañanera y puedo ser bastante gruñona. Tengo que ir a trabajar así que...

— ¿Puedo ir contigo? —Akhmose preguntó, poniéndose de pie.

—Por supuesto. Eres invisible para todos menos para mí. Solo... no hables demasiado antes de que tome mi café. ¿De acuerdo?

Akhmose no dijo una palabra, no necesitaba hacerlo. La miró admirando su belleza. *¡Qué mujer! No se parece en nada a las obedientes y tranquilas mujeres de mi Egipto.* Sonrió y la siguió hasta la cocina.

—Come. —Mara le pasó un tazón de avena con arándanos a Layla y sonrió.

Antes de que pudiera pronunciar algún sonido, Layla la cortó.

— ¡No se va a comer tu avena! —se quejó.

— ¡Que malhumorada! —Mara se burló y sirvió café para Layla. — ¿Que vas a hacer con el vaso canopo?

—Por ahora, lo dejaré en casa. Nadie le prestó atención, y no está catalogado, así que nadie lo va a extrañar. Más tarde resolveré qué hacer con él.

Akhmose admiró desde la esquina la disputa juguetona entre las dos mujeres.

Mara miró fijamente a Layla notando que su estado de ánimo matutino se estaba levantando.

—Espero que lo vayas a llevar contigo al museo. No estoy preparada para estar a solas con un fantasma.

—Por supuesto. —Layla aseguró a su amiga. —También es nuevo para mí. Pero es una buena persona. En aquel entonces la gente tenía diferente moralidad y costumbres. Siempre deseé poder viajar en el tiempo allí para ver cómo vivía la gente. Ahora tengo la oportunidad de aprender sobre sus vidas.

— ¿Cómo se ve? No me lo dijiste anoche.

—Es guapo—, dijo Layla, sonrojándose. —Él no es mucho más alto que yo. Tiene la distintiva nariz egipcia, al igual que Baahir, y su piel también tiene ese brillo bronceado... —Mirando el reloj Layla se puso de pie. —Tengo que irme, llegaré tarde.

Caminando hacia su habitación Layla habló sobre su hombro.

—Akhmose, quédate aquí hasta que me cambie. Irás conmigo al museo.

—No me apartaré de tu vista. —Akhmose prometió. —He estado pensando en la maldición. Tanakhmet hará cualquier cosa para encontrarte. Y lo hará.

—Entonces encontraremos una manera de detenerlo y enviarlo de vuelta al inframundo.

Capítulo Trece

Época actual

Layla abrió la puerta del pasajero para Akhmose, y él vacilantemente se subió al coche. Se preguntaba dónde estaban los caballos o al menos los esclavos para tirar del carruaje. Se sobresaltó cuando Layla inició el motor y de repente el feo carruaje verde se movió por su cuenta. La velocidad vertiginosa lo asustó, pero después de unos minutos de ver los altos edificios quedarse atrás, su curiosidad se apoderó de él.

Layla estacionó el coche y caminó hacia la entrada principal en compañía de Akhmose. Él comentaba sobre todo lo que vio, lo que la hizo sonreír. Él estaba tratando de entender el mundo en el que fue arrojado, y lo estaba tomando con calma.

Después de que llegaron a su estudio y Layla cerró la puerta detrás de ellos, ella le preguntó sobre lo que podría haberle pasado a Anakhmun. Él negó con la cabeza.

—Ella no sería mencionada en la historia. A los esclavos no se les daba ni siquiera el mismo respeto en la muerte que a las personas de la clase más baja. Los esclavos eran propiedad. Sería enterrada en el desierto sin momificación. Aunque sí entraría al más allá, no tendría nada colocado en su tumba y seguiría siendo una esclava en el más allá.

—La extrañas.

Se volvió y agarró su mano.

—La recuerdo y la extraño, pero cuando estoy cerca de ti, parece que mis preocupaciones desaparecen y mis recuerdos de ella están empezando a desvanecerse. No estoy tan solo y confundido en este extraño mundo como cuando desperté por primera vez.

Ella asintió con la cabeza. Su mente estaba ocupada por el extraño hombre cuyo corazón sostenía, literalmente. Era amable y compasivo. Ella se había enterado de cómo a pesar de que amaba a Anakhmun, él tenía un deber con su tierra y su pueblo. Cómo no huiría de sus deberes y sacrificaría su felicidad hasta que el joven faraón fuera capaz de tomar el trono.

Después de ver a Layla trabajar durante unas horas y hacer cientos de preguntas, Akhmose tenía una mejor comprensión de cómo funcionaba el mundo, y estaba aprendiendo rápidamente.

Los pensamientos de Layla seguían regresando a Tanakhmet y a la maldición.

— ¿Qué pasará cuando me encuentre? —Ella preguntó.

—No estoy seguro—, admitió Akhmose. —Por mucho que sepa sobre la magia que practicaba, si lograra poseer el cuerpo de una persona viva, el alma de esa persona entraría en la otra vida y Tanakhmet sería dueño de su cuerpo y memoria.

—Uhm... eso haría más fácil para él encontrarme. —Estuvo absorta en sus pensamientos profundos durante un minuto. — ¡Espera! Recuerdo haber leído sobre un hechizo hace un par de años cuando empecé a trabajar aquí... sonaba como un cuento supersticioso, pero ahora... déjame encontrarlo. Debe estar en los estantes en algún lugar. No pensé que   valiera la pena ponerlo en exhibición en el museo. —Layla caminó hasta los estantes llenos de pergaminos y comenzó a hurgar. —Recuerdo que tenía un sello negro como de cera. Ayúdame a encontrarlo—, lo llamó sobre su hombro.

La puerta se abrió cuando Jerome entró.

— ¿Con quién estás hablando? —preguntó, mirando a su alrededor.

—Nadie —Layla respondió. *Uf... él tampoco ve al príncipe. Si lo hiciera, eso sería interesante.*

—Te oí hablar, sonaba a árabe—, comentó Jerome.

—Oh, yo sólo estaba practicando la antigua lengua egipcia. —Mintió, pero Jerome estaba satisfecho con su respuesta.

—Tal vez deberíamos tener una conferencia, y tú podrías presentar la lengua antigua. Atraería a nuevos benefactores, estoy seguro. —Especuló, y dando la vuelta, salió de la habitación sin decirle a Layla por qué vino.

—Creo que es este. —Captando la atención de Layla, Akhmose señaló un pergamino de papiro amarillento con un sello negro.

Layla tomó el papiro y lo abrió cuidadosamente. Leyeron los jeroglíficos juntos, Akhmose inclinándose sobre el hombro de Layla.

—Podría funcionar, ¿no crees? —Layla se giró y su nariz accidentalmente le tocó la mejilla.

—Eso creo—, susurró leyendo la lista de ingredientes que necesitarían para el hechizo. Giró ligeramente la cabeza y se acercó a Layla.

Layla no se alejó. Él sintió su aliento cálido mientras sus labios estaban separados ligeramente. Sus labios se encontraron en un dulce y electrizante beso.

El calor se elevó a su cara, Layla se apartó tratando de ordenar sus sentimientos. *¿Qué estoy haciendo? ¡Besando a un fantasma! Pero se sentía tan bien... ningún hombre me besó así antes.*

Akhmose dio un paso atrás en shock. *Puede parecerse a Anakhmun, pero no es ella. La amaba, pero nunca me había sentido así cuando la besaba. Cada fibra en mi cuerpo ansía estar cerca de esta mujer.*

Layla se aclaró la garganta rompiendo el incómodo silencio.

—Nosotros... tenemos algunos de los ingredientes en casa, a Mara le encanta usar especias exóticas y aceites aromáticos. Sé que tiene incienso y sándalo, y usa salvia todo el tiempo.

—Sal marina rosada. —Akhmose leyó la lista escrita en el papiro. — ¿También tienes eso? —Layla parecía fingir que el beso nunca sucedió. Aunque ansiaba sostenerla en sus brazos, se concentró en el hechizo.

—Podemos recoger eso junto con mirra en la tienda naturista. Debemos preparar todo lo antes posible. Si Tanakhmet se despertó en Egipto al mismo tiempo que tú lo hiciste y sintió el tirón del vaso que contiene tu corazón, no le tomaría mucho tiempo poseer un cuerpo y encontrar la manera de encontrarnos.

—Necesitamos un lugar para establecer la barrera, para cuando llegue realizar el encantamiento.

—Creo que el mejor lugar sería la gran sala de estar en nuestro apartamento. Mara sale alrededor de las 6 pm a su turno nocturno, y si mis cálculos son correctos, debemos esperar que Tanakhmet llegue, en el cuerpo de alguien, en algún momento de la madrugada.

— ¿Podemos irnos ahora?

—Son casi las 5 pm, mi día de trabajo terminó. Le haré saber a Jerome que me voy. —Layla agarró su mochila, metió el pergamino dentro y se dirigió rápidamente hacia la puerta con Akhmose en sus talones.

Jerome asintió con la cabeza cuando Layla llamó a su puerta y le dijo que se iba.

—Nos vemos mañana—, dijo y volvió a su papeleo.

Capítulo Catorce

Época actual

Layla se detuvo en la tienda naturista y consiguió todo lo que necesitaban para el hechizo. Cuando llegaron a casa, Mara estaba con su uniforme, lista para irse a trabajar.

— ¿Dónde está tu amigo fantasma? —Ella preguntó burlonamente

—Él está justo ahí. —Layla señaló, dándole a su amiga una mirada desaprobadora.

—Está bien —Mara levantó las manos y frunció el ceño. —No quise herir tus sentimientos. Pero tienes que darme crédito por no enloquecer.

—Yo debería ser la que enloquezca, pero sorprendentemente, estoy bien. Lo besé, y se sintió absolutamente maravilloso.

— ¿Hiciste qué? —Mara gritó. —Besaste a un fantasma. ¿¡En serio!?

—Él se ve y se siente real para mí, excepto que no puedo sentir su aliento ni oír los latidos de su corazón.

—Esto es... esto está sacado de una película de fantasía. Pero no lo es. Realmente está sucediendo, ¿verdad? No sólo estoy teniendo un sueño raro contigo, ¿o sí?

—No, no es un sueño. —Layla abrió los brazos para un abrazo, y Mara envolvió sus brazos alrededor de ella. —Hay mucho más en la vida y en el más allá que lo que podemos ver y tocar. El pasado y el presente están conectados de maneras que jamás podría imaginar ni en mis sueños más salvajes.

—Algún día podría ser capaz de comprender todo esto, pero por ahora, estoy trabajando duro para hacerme a la idea a lo que ha estado sucediendo—. Los brazos de Mara cayeron mientras miraba el reloj. — ¡Tengo que correr! Llegaré tarde. —Recogió su bolso de la mesa de café y se apresuró a la puerta, caminando directamente hacia Akhmose, que no tuvo tiempo de quitarse de su camino. —Qué... —Mara gritó y se estremeció. —Siento que caminé a través de un viento helado.

Layla se río.

—Acabas de caminar a través de Akhmose.

— ¿Hice qué? —Mara se encogió de nuevo del susto, pero a los pocos segundos, su naturaleza relajada se hizo cargo y se rio. —Sabes, si alguien me estuviera hablando de esto, yo diría que están locos. Pero ahora, experimentándolo por mi cuenta, si no quiero perder mis canicas, iré con la corriente. Pero hay un montón de cosas que tienes que explicarme.

—Lo haré, promesa. —Layla le sonrió a su amiga. —Te contaré todo lo que sé mañana. Ve a salvar algunas vidas. Estaré bien.

—Bien, hablaremos mañana. Adiós Akhmose, siento haber caminado a través de ti—, soltó una risa nerviosa abriendo la puerta.

—Se lo diré—, prometió Layla al ver a Mara cerrar la puerta detrás de ella.

Akhmose sonrió a Layla.

—No entiendo lo que está diciendo, pero me agrada.

—Ella es una gran persona. Es mi mejor amiga. —Layla asintió con la cabeza caminando a la cocina. Puso su mochila sobre la mesa y empezó a sacar los frascos que consiguió en la tienda. —Tenemos mucho tiempo hasta que llegue Tanakhmet, pero empecemos a preparar el hechizo.

—No puedo hacer mucho, mis manos atraviesan todo como si estuviera hecho de nubes suaves. Excepto tú, puedo sentirte.

Layla se sonrojó y se giró hacia al gabinete para tomar las especias necesarias de los estantes.

—Oh, tengo el aceite de incienso en mi habitación. —Ella salió de la cocina. — ¡Akhmose, ven aquí! —Ella gritó un minuto más tarde.

Corrió hacia su habitación en pánico y miró a Layla señalando el vaso canopo en la pequeña mesa.

— ¿Se supone que brilla así? —Layla preguntó, sus labios temblando.

El vaso emitió un brillo verde espeluznante en la habitación oscura. Layla encendió la luz y el resplandor desapareció. Cuando ella presionó el interruptor y la habitación estaba oscura, vieron el brillo espeluznante de nuevo.

—Debe ser la maldición. —Akhmose observó. —Es lo que me trajo a ti y eso es lo que tira de Tanakhmet para encontrarte.

—No estoy segura de sí lo necesitaremos para el hechizo, pero por si acaso, lo llevaré a la sala de estar. — Encontró la botella de incienso en su cajón y recogió el vaso canopo. En el camino a la cocina, Layla colocó el vaso verde en la mesa de café.

Desenrolló el papiro y aseguró los bordes rizados con el pesado salero y pimentero de cerámica.

—Aquí, tú lees las instrucciones y yo prepararé los ingredientes.

Akhmose se inclinó sobre el papiro amarillento.

—Necesitamos un tazón ceremonial para mezclar todo. — Levantó la vista.

—Esto servirá—, dijo Layla, llegando a los estantes y levantando un tazón decorado con pinturas de Anubis. —Mi mamá me dio esto; ha sido transmitido en mi familia durante generaciones.

Layla vertió los cristales de sal marina rosa en el tazón y añadió aceites de incienso y sándalo.

— ¿Cuánta flor de loto debo poner allí? —Ella preguntó.

—Dice un puñado—, leyó Akhmose. —No agregues la mirra y la salvia, tendremos que quemarlos durante el hechizo.

—Bien, los verteré en este pequeño tazón de vidrio.

—Ahora tienes que pinchar tu dedo con la daga ceremonial que has traído del museo. Deje que la sangre gotee en la sal y los aceites herbales, y luego la preparación estará completa. — Akhmose instruyó.

—No. Con mi sangre, el hechizo sólo me protegerá. ¿Qué hay de ti?

—Mi sangre no puede ser derramada. La daga me atravesaría. ¿Recuerdas? Mi cuerpo fantasmal se siente sólido sólo para mí y para ti. —Akhmose inclinó la cabeza. —Pase lo que pase conmigo, no tiene importancia. Ya estoy maldito a caminar por la Tierra como un fantasma. ¡Debemos protegerte de ese monstruo!

Layla negó con la cabeza mientras recogía su mochila y sostenía la daga decorada con joyas. Buscó frenéticamente en su mente una solución.

— ¡Lo tengo! —Exclamó, sintiéndose emocionada. Tanakhmet debe haber sellado tu corazón en el frasco poco después de que te lo arrancara del pecho, ¿verdad?

—Sí, supongo que sí—, respondió Akhmose, un ligero destello de esperanza apareciendo en su rostro.

—Por lo tanto, tu sangre debe haber sido mezclada con el vino y la miel que vertió sobre él, para preservarlo. La miel no se seca durante miles de años, simplemente se espesa.

Él se rascó la barbilla, pensando.

— ¿Tú... crees? Pero entonces tendrías que romper el sello de resina en el frasco.

— ¿Qué tan difícil podría ser?

— Podría haberlo sellado con un hechizo.

—Bueno, no lo sabremos hasta que lo intentemos. —Layla decidió y salió a la sala de estar a recoger el vaso canopo.

Lo puso sobre la mesa y examinó el sello. La resina se sentía suave como el vidrio e igual de sólida. Layla trató de insertar un pequeño cuchillo entre el sello y el mármol fresco, en vano. Ella hurgó entre los cajones para encontrar una herramienta adecuada, pero nada funcionó hasta que sus ojos se posaron en el abre frascos eléctrico.

— ¿Qué tal si...? —Colocando el vaso en el abre frascos, bajó la manija. Apretó la tapa del vaso perfectamente. Akhmose la observó con el interés en su punto máximo. Cuando Layla encendió la máquina, escucharon crujidos y zumbidos durante un segundo, y luego la tapa se abrió.

— ¡Uf! —Layla gritó, conteniendo la respiración. Se cubrió la nariz y la boca con el brazo y miró hacia el vaso. Vio el líquido oscuro y espeso y el corazón arrugado y descompuesto de Akhmose dentro del vaso. Rápidamente vertió unas gotas del líquido espeso en el recipiente, agarró un tubo de pegamento del cajón de cachivaches y selló la tapa de nuevo. El olor putrefacto disminuyó cuando el líquido se mezcló con los aceites herbales aromáticos.

Akhmose sacudió la cabeza con incredulidad.

—Dudo que hubiera muchos en la historia que vieran su propio corazón.

—Ja ja—, Layla soltó una risa nerviosa. —Lo dudo. —Recogió la daga y preparándose mentalmente, pinchó su dedo. La sangre comenzó a fluir, y ella dejó que goteara en el tazón.

—Mezcla todo con la daga—, la instruyó.

Mientras Layla agitaba la sal, las hierbas y la sangre, la mezcla parecía hervir, pero ella no sentía calor proveniente del tazón.

—Parece estar funcionando—, anunció. —Creo que está listo para formar el círculo protector. Akhmose asintió con la cabeza mientras ella ponía la daga sobre la mesa y sostenía el tazón caminando hacia la sala de estar.

—Trate de verter la mezcla uniformemente en el suelo, en un círculo.

Layla inclinó el tazón y vertió la mezcla de sal alrededor de la mesa de café y el sofá en un círculo de quince pies. Cuando terminó, en una corazonada, apagó la luz. La sal proyectaba un espeluznante resplandor verde que formaba una pared transparente y resplandeciente a su alrededor. Volvió a encender la luz y la pared se volvió invisible.

Akhmose se inclinó sobre el papiro y dijo:

—Ahora necesitas quemar una pequeña cantidad de mirra y salvia. El resto debe ser quemado cuando recitemos el hechizo.

Layla se apresuró a la cocina y trajo el tazón de vidrio con las hierbas, así como un plato pequeño. Ella vació una pequeña cantidad de las hierbas en el plato y lo encendió con el encendedor de la estufa de gas.

—Huele bien. —Ella olfateó el aire.

—Tenemos todo listo. Ahora, vamos a esperar.

—Ven, siéntate conmigo en el sofá. —Layla invitó a Akhmose quien con mucho gusto obedeció.

Capítulo quince

Época actual

A pesar del peligro y la incertidumbre que enfrentaban, Layla sintió una serenidad mientras Akhmose acariciaba su mejilla y besaba suavemente su frente, parpados y labios. Ella se acomodó a su lado, y hablaron durante horas. Layla se sentía somnolienta, pero tenía miedo de quedarse dormida, el tiempo estaba cerca de cuando Tanakhmet podría llegar.

— ¿Qué te pasará si el hechizo lo envía al más allá? —Ella preguntó, preocupada.

—No estoy seguro—, susurró inclinando la cabeza. —Pero su maldición me hizo despertar como un fantasma cuando lo leíste, así que asumo, seguiré siendo un fantasma. Tal vez si mi corazón fuera devuelto a mi cuerpo, podría enfrentar a Anubis y a los jueces.

—Te he tomado bastante cariño—, dijo Layla, sonrojada. — No quiero perderte, pero esta no es vida para ti, en un limbo donde nadie puede verte o sentirte excepto yo.

—Me quedaría así mil años si pudiera estar cerca de ti. — Akhmose la abrazó cerca.

Layla se hizo hacia atrás y miró a sus ojos.

—Vamos a resolver esto. —Ella prometió.

Acurrucados juntos en el cómodo sofá, se quedaron dormidos.

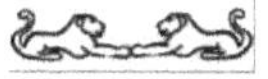

Un ruido repentino los hizo saltar al amanecer. Miraron fijamente la puerta principal que se abrió de golpe. Un hombre apareció y con unos pocos pasos por el pasillo, se paró en la entrada de la sala de estar.

— ¿Baahir? —Layla se puso de pie. — ¿Qué...? ¿Cómo...?

—Ese joven generoso me dio su cuerpo y recuerdos—, dijo Tanakhmet con una risa cruel.

— ¡Monstruo! —Layla escupió. — ¿Por qué él?

Tanakhmet se encogió de hombros.

—Necesitaba un cuerpo para venir a ti, y él estaba convenientemente allí. Anakhmun, mi amor, serás mía, te guste o no.

—Mi nombre es Layla.

—Oh, tus recuerdos no regresaron con tu renacimiento, ya veo. Sólo eras una humilde esclava. Pero me gusta lo que estoy viendo. —Escaneó el cuerpo de Layla con la mirada hambrienta y cruel de un depredador.

Akhmose sostuvo a Layla en sus brazos.

—Anakhmun nunca te amo. Te temía y te odiaba. Layla es fuerte, nunca podrías tener poder sobre ella.

— ¡Ja ja! —Tanakhmet solto una risa chillona. —Puedo hacer que ella me ame. Ella amó al hombre en este cuerpo una vez, ella podría aprender a amar este cuerpo de nuevo. Esta vez, conmigo en él.

— ¡Nunca! —Layla le lanzó una mirada asesina. "Era un buen hombre y lo mataste. ¡Lo pagarás!

—Serás mía y no hay nada que tú y tu príncipe fantasma puedan hacer al respecto." La sonrisa cruel se desvaneció de la cara de Tanakhmet cuando al dar un paso más cerca de repente fue arrojado hacia atrás y cayó sobre su espalda. — ¿Qué es esto? —gritó, luchando por levantarse.

Layla encendió las hierbas en el tazón y levantó el pergamino. Ella comenzó a recitar el hechizo y Akhmose se unió a ella como si estuvieran en trance.

—El cielo se estremece y la tierra tiembla delante de mí, porque soy un poderoso mago. ¡Retrocede! ¡Vuelve, alma salvaje! No vengas contra mí, no uses tu magia contra mí. Thoth es la protección de mi carne. Anubis es la protección de mi alma. Porteros que vigilan el más allá, tráguense el alma que desea hacerme daño.

Layla parpadeó y volvió a sus sentidos mientras la habitación se llenaba de un grito profano. El cuerpo de Baahir yacía en el suelo, convulsionado salvajemente. Ella sostuvo la mano de Akhmose mientras observaban a un grupo de formas oscuras y fantasmales arrastrando el alma agitada y ruidosa de Tanakhmet del cuerpo de Baahir para desaparecer en el aire.

Layla cayó de rodillas el lado del cuerpo de Baahir.

—Él no merecía ser arrastrado a esta maldición. ¿Podemos salvarlo? —Ella preguntó, mirando a Akhmose con esperanzas en sus ojos.

—Me temo que no. —Akhmose se arrodilló a su lado. —Puedo sentir que su espíritu se ha ido hace mucho tiempo. Tanakhmet se aseguró de eso. Su cuerpo no es más que un caparazón vacío ahora.

—Si su espíritu se ha ido, ¿puedes entrar en su cuerpo como lo hizo Tanakhmet? Podrías vivir una vida normal en lugar de ser un fantasma visible sólo para mí.

—Creo que es posible. Tanakhmet era un fantasma cuando entró en este cuerpo, creo que yo también podría hacerlo. Nunca mataría a una persona como lo hizo Tanakhmet, pero este cuerpo está vacío ahora... —especuló.

— ¿Y si no funciona? Prefiero tenerte como un fantasma que perderte para siempre.

—Estaré bien. Asumo que tomaría algún tiempo acostumbrarme a estar en el cuerpo de otro hombre, pero seré yo en el interior.

—Muy bien, hazlo entonces. —Layla asintió con la cabeza.

Akhmose flotó sobre el cuerpo de Baahir, cerró los ojos y descendió lentamente. Cuando su cuerpo fantasmal se fusionó con el cuerpo sin vida de Baahir, Layla colocó su mano sobre su pecho, deseando poder sentir el sutil latido de su corazón. El cuerpo permanecía inmóvil. Un sollozo de dolor se liberó del pecho de Layla.

—Por favor, haz que el cuerpo de Baahir viva o regresa como un fantasma. ¡No puedo perderte!

Akhmose jadeó en el cuerpo de Baahir y sus ojos se abrieron lentamente. Extendió la mano y pasó un mechón de pelo oscuro detrás de la oreja de Layla, sonriendo.

—Nunca me perderás.

Su rostro palideció:

— ¿Akhmose?

—Sí, soy yo. —Sentado, estiró el brazo y extendió la mano para abrazarla. —Me quedare en este cuerpo hasta que te aburras de mí y pongas mi deteriorado corazón en mi deteriorado cuerpo en el sarcófago. Mientras que mi corazón permanezca en el vaso, mi espíritu permanecerá en este cuerpo.

Layla se apartó y se puso de pie.

—Necesito un poco de tiempo para hacerme a la idea de lo que pasó. Todo se siente como un sueño.

Sonrió.

—Layla, mi amada, tómate el tiempo que necesites.

— ¿Tienes la memoria de Baahir?

—No. Baahir se ha ido y Tanakhmet se llevó su memoria con él. Solo queda este cuerpo. Soy solo yo dentro de este cuerpo.

Mara abrió la puerta para encontrar el apartamento en silencio. Mientras caminaba hacia la habitación de Layla para ver cómo estaba, algo crujió bajo sus zapatos. Qué… ¿por qué echó sal en el suelo? Mirando el cuenco en la mesa de café, nuevas preguntas aparecieron en su mente mientras olía el leve aroma de mirra y salvia quemada. *¿Por qué quemó esas hierbas?* Sacudiendo la cabeza, se asomó por una puerta entreabierta.

— ¡Infierno sangriento! —gritó, viendo a Layla y Baahir acurrucados uno cerca del otro debajo de la manta.

Los ojos de Layla se abrieron y se enderezó.

— ¡Joder! ¿Debes gritar?

— ¿Qué está haciendo él aquí? —Preguntó Mara. — ¿Dónde está tu fantasma?

—Estoy aquí, en este cuerpo—, dijo Akhmose en la antigua lengua egipcio. Se sentó abrazando a Layla.

—Tendremos que enseñarle inglés—. Layla sonrió a Akhmose y se giró hacia Mara. —Akhmose dijo que es él en el cuerpo de Baahir.

Con los ojos muy abiertos como platos, Mara negó con la cabeza.

—Uhm... ¡dilo de nuevo!

Layla le envió una cálida sonrisa.

—Es una larga historia. Te lo contaremos todo, lo prometo. Pero primero tienes que dormir, estás cansada después del largo turno nocturno.

— ¿Dormir? ¿Cómo podría dormir? Mara gruñó. —Primero, acepté a medias que mi mejor amiga rompió una maldición que fue lanzada hace miles de años. En segundo lugar, te creí y acepté que puedes ver y tocar un fantasma. ¿Pero esto? ¿Ahora el príncipe muerto hace mucho tiempo ya no es un fantasma y de alguna manera se metió en el cuerpo de tu exnovio? Pongo mi límite aquí. Debes contarme todo ahora mismo.

—Te prometo que te lo contaremos todo más tarde. Vamos a dormir unas horas—, suplicó Layla reprimiendo un bostezo.

— ¡No más tarde, ahora! —Mara gritó. —Voy a preparar el desayuno y los quiero a los dos en la cocina en diez minutos—. Sin esperar una respuesta, Mara se dio la vuelta y salió furiosa de la habitación, refunfuñando, —Ustedes dos tienen mucho que explicar. Y después de eso, necesitaré mucha terapia.

Layla miró al apuesto hombre a su lado.

—Creo que será mejor que nos levantemos y le digamos todo. Está enojada como el infierno, y puedo imaginar lo confundida que debe sentirse. Yo también estoy confundida. Me llevará algún tiempo acostumbrarme a... Extraño verte, Akhmose. Se siente raro hablar contigo y ver el rostro de Baahir y escuchar su voz.

Akhmose sonrió y le dio un suave beso a los suaves labios de Layla.

—Soy yo. Se siente maravilloso tener un cuerpo de carne y hueso—. Tomó la mano de Layla y se la llevó a los labios.

Layla suspiró.

—Te siento ahí dentro. Cuando Baahir me besaba, se sentía diferente. Pero mis ojos tienen que acostumbrarse a verlo y pensar en ti.

—Entonces, cuando él te besaba, ¿no se sentía así? —Akhmose abrazó a la temblorosa mujer. Su beso fue dulce y largo, lo que hizo que Layla se sonrojara. Akhmose comenzó a respirar más profundamente y su nuevo cuerpo ardía de deseo. Sus labios se separaron y Akhmose se inclinó hacia atrás susurrando: —Layla, tienes mi corazón. Cuídalo mucho.

—Lo haré. Lo prometo.

Recuerdos agridulces

Vacaciones de invierno

Los pasillos de la Escuela de Medicina en NYU estaban repletos de la charla y el alboroto de cientos de estudiantes, todos ansiosos por comenzar sus vacaciones de invierno. La mayoría estaría viajando a diferentes estados o en el extranjero para visitar a familiares y seres queridos para las vacaciones. Pero no Elana. Ella tenía una tradición propia.

Ashley, al darse cuenta de la mirada no tan alegre en la cara de Elana, por lo general feliz, le tocó suavemente el brazo. — ¿Estás bien, Elana? Realmente no parece que estés en el espíritu navideño —.

Los labios de Elana se enroscaron en una sonrisa débil. — Estoy bien. Sólo cansada de estudiar para el gran examen. Te veré después de las vacaciones de Navidad, ¿de acuerdo? —. Las dos se abrazaron brevemente antes de separarse en la congestionada corriente del tráfico.

De repente, Elana oyó a Ashley gritar su nombre desde el otro lado del pasillo. — ¡Olvidé desearte Feliz Navidad! —. Elana sólo sonrió de vuelta, saludando a Ashley antes de dar la vuelta a la esquina y salir.

Abrazándose a ella misma contra el frío amargo, Elana llamó a un taxi y se dirigió a su apartamento solitario de Manhattan. El conductor zumbaba a través de racimos de tráfico, cantando al son de la radio. Su voz repicada estaba fuera de tono. *No me atrevería a cantar en público si tuviese una voz como tú,* pensó Elana mientras veía pequeños mechones de nieve empezar a acumularse en los coches estacionados y la acera. La vista abrió una inundación de recuerdos dolorosos: una presa rota de olores descoloridos, rostros, y palabras que se perdieron en las arenas en movimiento del tiempo.

Esta fue una temporada de vacaciones agridulce para Elana. Aunque había buenos recuerdos unidos a la Navidad, también había muchos en su pasado que ella deseaba que pudiera olvidar.

Veintidós años atrás

En esa tormentosa víspera de navidad hace veintidós años, una joven caminaba a través de los implacablemente fríos vientos del centro de la ciudad de Nueva York con un manojo de trapos apretados en el pecho. Gotas de vidrio de lágrimas congeladas se aferran a la piel expuesta de su rostro. La mujer, ligeramente aturdida y claramente angustiada, vagaba sin rumbo a través de la nieve que apuntaba a la acera vacía.

Ella no estaba segura de cuánto tiempo había estado abriéndose camino a través de la revoltosa nieve, pero sus mejillas crudas eran evidencia del tramo de tiempo y la ferocidad del viento. Para cualquiera que pasara, parecía ser sólo otra persona sin hogar: uno de los muchos intocables de la ciudad atrapada en el feroz clima, tratando de encontrar refugio. Le darían una mirada insensible y seguían en sus asuntos.

La mujer, guiada por sus pies entumecidos, caminó y caminó hasta que la luz tenue de un campanario brilló a través de la manta de sofocada de copos de nieve que caían. Poco a poco, se acercó a los escalones que conducen a la puerta y se detuvo.

—Lo siento mucho —sollozó, meciéndose ligeramente el manojo de trapos de lado a lado—. Estoy sola, y no tengo adónde ir. Estarás mejor sin mí —. Su suave llanto fue capturado en el aire como mechones de diminutas cuentas de hielo, disipando nubes de desesperación insondable. Ellas flotarían momentáneamente alrededor de su cara como una máscara delgada antes de ser tragado por las ráfagas de viento que pasan desde la calle infértil.

Poco a poco, se arrodilló y puso el paquete de trapos cuidadosamente en el paso de la catedral. Con tibias lágrimas volviéndose frías en cuanto se filtraban sobre sus mejillas temblorosas, ella volvió sus pasos por la calle y desapareció en la tormenta. Para nunca regresar.

Unos minutos más tarde, un sacerdote de la iglesia salió a los escalones delanteros. —¡Dios mío! Hace frío esta noche —,

Padre Brown, un hombre alto, de mediana edad murmuró mientras tiraba su larga bufanda sobre su hombro. Metió sus manos deshuesadas en los bolsillos de su largo abrigo y tomó un momento para ver en silencio los edificios encalados con amos. Se elevaban como derivas de nieve monolíticas, filas de ventanas desnudas relucientes de hielo, como los ojos de una araña congelada.

El padre Brown se dirigía a un refugio para personas sin hogar al otro lado de la ciudad para ayudar con la preparación de la cena del día de Navidad. Al no tener familia propia, le traía más alegría estar rodeado de los necesitados que estar encerrado en la iglesia toda la noche viendo películas antiguas en el antiguo televisor en blanco y negro en su dormitorio. Aunque disfrutaba de la actuación de Jimmy Stewart en la película clásica *It's a Wonderful Life*, película que había visto al menos cincuenta veces hasta el momento, servir a las almas desafortunadas sería un mejor uso de su tiempo. Las sonrisas en sus rostros, tan cálido y acogedor como el pavo y puré de papas que tuvo la suerte de servir, fue más de lo que nunca podría haber pedido en este día tan sagrado. Sacando su mano de su chaqueta para revisar su reloj de pulsera, se dio cuenta de que, si quería coger el autobús al refugio, tendría que moverse.

Apurado por los escalones de la iglesia, casi tropieza. Miró hacia abajo y vio el paquete de trapos descansando en el paso inferior. Al principio pensó que era basura, el sacerdote caminó alrededor del montón de ropa cuando, de repente, oyó un gemido que emanaba del haz de trapos, silenciado por las capas. Curiosamente arrodillado para obtener una mejor mirada, casi gritó cuando los trapos comenzaron a temblar y moverse a su toque.

Fue entonces cuando se dio cuenta de que algo vivo estaba envuelto por dentro. Temiendo lo peor, rápidamente recogió el paquete y lo llevó a las paredes protectoras de la catedral. Agarrando el bulto de trapo contra su pecho, se dirigió al banco más cercano y lentamente lo puso abajo, silbando una oración. Bajo el resplandor de varias velas encendidas y asistido por la luz blanca prestada de la luna llena filtrándose a través de las vidrieras, el sacerdote rápidamente deshizo del haz de telas.

Acostado dentro del capullo de trapos sucios era un bebé recién nacido. Con sangre seca cubriendo su piel y pelo mate, sus ojos azules miraban al azar, y sus los labios secos ligeramente separados para exponer las encías púrpuras y una lengua hinchada.

—¡Dulce Madre María! —Jadeó el sacerdote, trazando reflexivamente el santo símbolo de la cruz en su cuerpo mientras corría su camino de regreso a su oficina. Una vez dentro, sus manos temblorosas agarraron el teléfono en su escritorio y marcaron 9-1-1.

—Sí, necesito que me envíen una ambulancia a la Catedral de San Patricio inmediatamente —, le rogó el sacerdote, con un sudor frío que se le derramaba en la frente. —Tengo un recién nacido moribundo aquí. Por favor, ¡dense prisa! —. Final de la llamada, corrió de nuevo al banco y sostuvo al bebé en sus brazos. Le dolió el alma mirar a la niña, arrugada y aferrándose a la vida, pero obligó a sus ojos a encontrarse con los suyos.

—No te preocupes, pequeño—, dijo, acunando a la bebé moribunda firmemente en sus brazos para mantenerla caliente. —Dios te está cuidando ahora. —

La ambulancia llegó a la iglesia no más de diez minutos más tarde, y la recién nacida fue llevada inmediatamente a un hospital local. La bebé estaba al borde de la muerte. Estaba gravemente deshidratada, y la hipotermia se había hecho sentir, haciendo que su respiración fuera superficial y el latido del corazón lento.

Incapaz de rastrear a los padres de la bebé, el hospital se puso en contacto con los servicios de niños y arregló para que la niña fuera puesta en hogares de crianza, una vez que estaba en mejor estado de salud.

Bajo el cuidado vigilante de los médicos y enfermeras, después de luchar contra una serie de infecciones y síndrome de abstinencia neonatal debido a los medicamentos a los que estuvo expuesta en el útero, se recuperó lentamente. Las enfermeras adoraban a la pequeña bebé y la sostenían en sus brazos, acurrucándola tanto como su apretada agenda lo permitía. Según las reglas del hospital, su nombre era BabyGirl, pero las enfermeras la llamaron Elana.

Fue dada de alta por el hospital un poco más de tres meses más tarde y se le asignó una trabajadora social y se le dio un nombre oficial: Elana Smith.

Doce años atrás

Elana pasó los primeros diez años de su vida en el sistema de acogida, rebotando de vivienda temporal a vivienda temporal. Había pasado los primeros dos años de su vida dentro y fuera del hospital cuando tuvo la oportunidad de ser adoptada. Su pequeño cuerpo luchó contra la adicción a las drogas que había sido alimentado en el útero por su madre, y su debilitado sistema inmunológico no podía manejar la serie de infecciones sin antibióticos y tratamientos de apoyo. Nadie quería un hijo enfermo e incluso la mayoría de los padres no podían hacer frente a la atención constante que requería.

Más tarde, cuando se hizo más fuerte y saludable, y a una edad muy temprana, Elana aprendió el ejercicio. Había pasado por el sistema tantas veces para entonces que se acostumbró a dormir en diferentes lugares cada par de meses más o menos. Habitaciones nuevas, nuevas familias. Su vida se sentía como una puerta giratoria de esperanzas destrozadas y decepciones ocultas. Ninguna de las familias con las que Elana estaba emparejada eran malas, y tampoco era una mala niña, pero para cuando cualquiera de ellas podía hacer una conexión emocional, circunstancias desafortunadas la hicieron pasar a la próxima casa de acogida.

Su oportunidad de ser adoptada por una familia amorosa se hizo más pequeña a medida que crecía. La mayoría de las parejas que deseaban adoptar recién nacidos buscados o niños sólo unos meses de edad.

Cuando tenía diez años, fue emparejada con sus padres adoptivos, el Sr. y la Sra. Whelk. Eran personas cariñosas y habían abierto su hogar para muchos otros niños en el pasado. La pareja mayor cuyo amor no sabía límites, después de largos años de tratar de tener un hijo propio, se rindió y decidió ayudar a los niños no deseados y desafortunados.

—Bienvenido a nuestra casa, Elana. —La señora Whelk saludó a la joven con un gran abrazo en la puerta cuando Elana fue abandonada en su apartamento del centro de la ciudad con la maleta solitaria desgastada con sus pocas pertenencias. Los niños adoptivos se mudaban con frecuencia de casa en casa; era mejor ser un minimalista y tener sólo unos pocos elementos necesarios.

El señor Whelk se quedó cerca con una cálida sonrisa en su rostro arrugado. —Estamos muy contentos de que te quedes con nosotros—, dijo, indicando sutilmente a la señora Whelk para dejar ir y darle un poco de espacio a la nueva chica. —Por favor, siéntete como en casa. Tu habitación está al final del pasillo a la derecha. La cena es a las seis. — Elana forzó una sonrisa, tratando de no parecer grosera, y en silencio llevó su maleta a su nueva habitación.

Era una habitación de tamaño modesto; un solo colchón doble y un vestidor de palisandro fueron empujados a una pared. La cama estaba amueblada con varias almohadas y mantas que parecían ser nuevas. Elana había visto muchas habitaciones como esta a lo largo de los diez años de su vida, rebotando de casa encasa, y sabía mejor que no debía ponerse demasiado cómoda. Ella sabía que era sólo una visitante, un invitado temporal. Los Whelks parecían agradables, pero también lo parecían las otras familias que finalmente la trajeron de vuelta al centro. Poniendo su maleta en la cama, Elana la abrió y recogió solemnemente a través de sus pocas pertenencias.

—Oye, ¿cómo te va? — La voz de un niño de repente vino de la puerta abierta. Sorprendida, Elana se volvió de su maleta para ver a un niño parado justo fuera de su habitación. Parecía estar alrededor de su edad, tal vez un poco mayor. Sus estrechos pómulos y el pelo castaño corto golpearon un cierto acorde en algún lugar dentro de Elana, unas si hubiera conocido al niño frente a ella. Esta extraña sensación atrofió cualquier reacción externa que Elana debía tener. Apoyado en el marco de la puerta, el niño le sonrió pacientemente y esperó una respuesta.

—Estoy bien —dijo Finalmente Elana después de despejar su garganta—. Sintiendo su timidez, el niño entró en la habitación y extendió una mano.

—Me llamo Luca. ¿Cómo te llamas tú? —

Elana vacilante tomó la mano de Luca, sacudiendo débilmente mientras se perdía en el azul profundo de sus ojos. Sintió un calor repentino que nunca había sentido antes, como si una flor hubiera florecido en el hoyo de su estómago. Pero, el niño adoptivo en ella rápidamente empujó la sensación de distancia. Lo último que Elana quería hacer era acercarse a alguien que probablemente nunca volvería a ver. Fue una elección difícil, pero un mecanismo de defensa emocional necesario que le había servido bien a lo largo de su corta, pero impredecible vida.

Después de extinguir la sensación de querer conectar, ella tiró de su mano de nuevo a su lado. —Elana. — El silencio tenso siguió, hasta que Elana no preguntó tan casualmente: —Así que... ¿Eres el hijo de Whelks?—

Luca se rio de todo corazón. —No, yo también soy un niño adoptivo. He vivido aquí un par de meses. — Remató el comentario con otra sonrisa ligera para asegurarle a Elana que no la estaba derribándola. —Los Whelks son buenas personas; sólo tienes que seguir sus reglas, no causar ningún problema, y te quedarás alrededor. El último chico que se alojó en esta habitación era algo excéntrico. —

Elana se echó a reír nerviosamente, sin saber si Luca estaba siendo sincero. —¿Estaba el chico loco o algo así? —

Luca se encogió de hombros. —Probablemente. Ya sabes cómo va a veces. Lanzaba un ataque cada vez que alguien lo tocaba, incluso cuando tocaban su comida. Se sentó en su cama meciéndose y tarareando. Whelks lo intentó todo, pero cuando golpeó a la señora Whelk, lo enviaron de vuelta y el señor Whelk dijo que lo colocaron en un hogar especial—.

Elana entendió; había conocido a un montón de niños en el sistema con enfermedades mentales y problemas emocionales graves. Al crecer sabiendo que te botaron las únicas personas que se suponía que te amaban incondicionalmente, les costó mucho a los niños en crecimiento. Algunos, como Elana, desarrollaron un mecanismo de afrontamiento al distanciarse de la dura verdad;

otros no pudieron. La realidad les golpeó fuerte y rompió su espíritu aplastando sus esperanzas cada vez que se mudaban a la próxima casa de acogida.

—No te preocupes. No soy un alborotador—, dijo Elana, cepillando un mechón de pelo oscuro lejos de sus ojos mientras miraba a Luca. Ojos encerrados en la maravilla juvenil, se miraron unos a otros sin hablar durante varios momentos antes de que la voz de la señora Whelk resonara en el pasillo.

—¡La cena esta lista, niños! —

Luca se inclinó afuera de la puerta y gritó hacia atrás, — ¡Vamos, señora Whelk! — Antes de salir de la habitación, Luca se volvió y asentó con seguridad a Elana. —Creo que estarás bien. Pareces una chica dura y no una cobarde. —

Mientras escuchaba sus pasos desaparecer por el pasillo, Elana soltó un profundo suspiro de alivio. Por primera vez en su vida, ella podía confiar en otro ser humano. Era una sensación que aún no había experimentado.

Diez años atrás

En una dicha casi total, Elana y Luca pasaron los siguientes dos años juntos en la casa de los Whelks. La pareja de ancianos era estricta, pero los padres justos. Se esperaba que cada niño hiciera sus camas y limpiara sus habitaciones cada mañana. Después de la escuela, se turnaron para sacar la basura, limpiar la mesa y lavarlos platos después de la cena. También se esperaba que obtuvieran buenas calificaciones en la escuela, lo que ambos hicieron con una facilidad increíble. Whelk trató a los dos niños como si fueran sus propios hijos, nunca haciéndoles sentir como nada. Elana nunca había experimentado tal estabilidad, un apoyo emocional tan increíble. Elana no sólo tenía los padres amorosos que siempre quiso, sino que también había encontrado un mejor amigo. La vida finalmente dio un giro para mejor.

Elana y Luca comenzaron a llamar a sus padres adoptivos mamá y papá después de vivir alrededor de un año en su hogar amoroso que proporcionaba estabilidad y seguridad para ambos. Aunque fingían odiar ser adoptados, en secreto amaban todo el afecto que recibían, y ambos se sentían cerca y amaban a la vieja pareja.

***

Sólo un año mayor que Elana, Luca fue el producto de un minero alcohólico y una maltratada ama de casa. Era una ocurrencia natural en la casa que su padre llegara a casa borracho del bar, como lo hizo en la mayoría de las noches después de su turno en el molino. Siempre borracho, el padre de Luca encontraría cualquier excusa para golpear a su esposa. Cualquier razón. Desquitaba toda su ira embotellada y frustración con su esposa, como había aprendido de su padre y abuelo.

La madre de Luca, una pequeña mujer, recibió palizas constantemente. Nunca habló de los moretones que mantenía escondida debajo de sus bufandas y cuellos de tortuga. Tuvo muchas oportunidades de irse o correr a la policía y meterlo en la cárcel, pero nunca lo hizo. La madre de Luca fue criada para creer que el divorcio era un pecado, un niño necesitaba a su padre, y la familia tenía que permanecer unida. No importaba nada más.

El padre de Luca fue demasiado lejos en su rabia borracha, y en una noche húmeda de julio después de un turno de diez horas, la golpeó con fuerza tal que le fracturó el cráneo. La fractura causó una hemorragia cerebral grave que, a pesar de la cirugía de emergencia, la mató esa noche. El padre de Luca fue arrestado en el día del trabajo y enviado directamente a la cárcel hasta su audiencia judicial por homicidio en primer grado. En el juicio, testificó en el estrado que no quería matar a su esposa, rogando desesperadamente por la simpatía de la corte. Sus súplicas falsas no eran suficientes. Un jurado de sus compañeros tardó menos de diez minutos en encontrarlo culpable.

—Ella estaba buscándoselo—, fueron sus últimas palabras antes de que lo sacaran de la sala.

Al no tener parientes que lo aceptaran, Luca se convirtió en otro número en el sistema. Era demasiado joven cuando su madre murió; ni siquiera podía recordar cómo era su madre y su padre. Se enteró años más tarde de lo que les había sucedido de un padre adoptivo y nunca volvió a hablar de ello.

Eso fue, hasta que conoció a Elana.

***

Los dos eran amigos inseparables y se decían todo. Incluso en la escuela, eligieron pasar el rato entre sí durante el recreo en lugar de los niños en su propio grado. Debido a sus circunstancias pasadas, compartieron un vínculo especial que los niños que tenían familias simplemente no podían entender.

Dos almas cortadas de la misma tela.

Uno de sus lugares favoritos para visitar juntos fue la casa de verano de los Whelks en los bosques salvajes del norte del estado de Nueva York. Lejos del ruido y el smog de la ciudad, los Whelks visitarían la cabaña familiar con los niños en Brayton, al menos cinco veces al año, para ir a pescar y cazar. A veces la señora Whelk, que sufría de dolor articular y de espalda crónico, se quedaría en la ciudad. Aunque extrañaba a los niños, ella nunca se detuvo o los culpó de ir y trató de disfrutar de la soledad y descansar tanto como pudo.

—Tengan cuidado ahí fuera—, siempre les había cuidado al verlos salir por la puerta y a la camioneta de espera llena de suministros para el viaje. —Hay animales salvajes en esos bosques, así que manténganse atentos unos a otros. —

—Sí, mamá—, dirían al unísono. Su respuesta espontánea calentó su corazón. Finalmente, después de tantos años tratando de tener hijos propios y el dolor y las decepciones, los niños la llamaban mamá.

La señora Whelk estaba satisfecha de haber dado y recibido suficientes abrazos y besos, y los tres estaban de camino. Dentro de tres horas más o menos, la jungla de hormigón que estaban tan acostumbrados a estar rodeados sería reemplazada por campo abierto.

Tan pronto como llegaron a la cabaña, un pequeño lugar tranquilo en el lago George a las afueras de la ciudad, el Sr. Whelk siempre apresuraba a los niños a ayudarlo a desempacar. Sin molestarse en ocultar su entusiasmo, estaba demasiado ansioso por subir al barco y atrapar algunos peces. Puede haber sido este entusiasmo lo que le hizo olvidar la agonía de la artritis progresiva.

—El chico en la tienda de aparejos por el camino dice que hay una gran trucha en estas aguas, o eso dice la leyenda. — El brillo en sus ojos les decía que tenía la intención de atrapar a la bestia épica por sí mismo. No es un muy buen pescador, el Sr. Whelk era generalmente afortunado de coger unos pequeños peces para la cena, y mucho menos un establecer récord. Pero con un vigor que podría haber rivalizado con un hombre de veinte años, el Sr. Whelk aplaudió y dijo: —Ahora, ¡¿quién quiere venir conmigo y ser parte de la historia?!—

Tanto Luca como Elana se negaron educadamente, ofreciendo en su lugar ir a nadar por la cabina.

—Ah, diantres— dijo Whelk, fingiendo estar decepcionado. —Muy bien, pero estén seguros, ustedes dos. No vayan demasiado lejos en el lago. Se pone profundo ahí fuera. — Los dos niños estuvieron de acuerdo y esperaron en la costa hasta el Sr. Whelk estaba en su barco, remando hacia el medio del lago.

—Es un niño de corazón. Está tan ansioso por atrapar el pez grande—, dijo Luca bromeando a Elana mientras se sentaban juntos con los dedos de los pies rozando el agua.

Elana se rio. —Oportunidad gorda. Él deja que nueve de cada diez peces se deslicen del anzuelo. —

—Sí, lo hace —se rio Luca—. —¿Recuerdas el *pez grande* el año pasado? Pesaba alrededor de media libra, pero para cuando llegamos a casa y le dijo a su amigo, se convirtió en unas diez libras—.

—Sí, y nos guiñó el ojo para mantener el silencio—, se burló Elana.

Después de una buena risa a costas del sr. Whelk, disfrutaron sentados en la cálida arena y el lapeado de las olas a sus pies por un poco más, antes de entrar en la cabina para cambiarse en sus trajes de baño. De vuelta en la costa, tomaron turnos dando pasos en el agua helada.

—¡Ahh! ¡Hace demasiado frío! — Elana chilló, sólo de pie la cintura profunda en el agua, su piel se aprieta como piel de gallina se elevó por todo el cuerpo. Sus dientes se tocaban constanemente, haciendo clic juntos fuertemente como castañuelas de perlas. Luca, siempre el valiente, se mantuvo resiliente su lado, pero también temblaba en el agua fría.

—Pffft, ddd—no seas un cobarde. — Su voz era astuta y tartamudeante, y sostuvo sus brazos como palos rígidos a sus lados. — Hola... mira esto.

Antes de que Elana pudiera reaccionar, Luca se metió de cabeza en el agua helada, salpicando todo su lado derecho. Esto provocó una rápida pelea de salpicaduras, y no pensaron que el agua estaba fría en absoluto. Unos veinte minutos más tarde, Elana y Luca volvieron a la orilla. Ambos estaban empapados de la cabeza hasta los pies, pero felizmente riendo y persiguiéndose unos a otros.

—¡Ehh! ¡Creo que tengo esa agua asquerosa en mi nariz! — Luca se bató con Elana mientras se sentó en una manta, tomando el sol en la playa, y esperando a que el Sr. Whelk regresara. No era más que un pequeño punto en el borde del agua desde donde estaban, vacilando en el espejismo de calor que se desprendía de la superficie del lago. Los dos hablaron por un tiempo sobre esto y que, en su mayoría niños en la escuela que no podían soportar, hasta que el acercamiento de pasos desde atrás detuvo su animada conversación.

—Bueno, bueno—, dijo una voz brutal mientras la pareja pivotaba en la manta. Se cierne sobre ellos como lápidas, eran tres rudos-buscando chicos en camisetas cortadas. Alineado como una pirámide de basura blanca, el niño más alto estaba flanqueado por dos chicos significativamente más cortos. Ropa sucia y rostros quemados por el sol, estos eran sin duda locales de la pequeña ciudad justo al final de la carretera. —¿Qué tenemos aquí? ¿Unos citadinos? —

Al sentir problemas, Luca rápidamente trató de ponerse de pie, pero fue empujado duro al suelo por el niño más grande. — Siéntate, citadino—, gruñó con odio en su tono. Cayendo fuerte sobre su espalda en la arena, Luca agarró su costado con dolor mientras se renivelaba a una posición sentada.

—¡No lo toques! — Elana gritó, disparando hasta los pies. Sus ojos estaban llenos de fuego y preocupación mientras estaba protectoramente sobre Luca, azotando a los tres lugareños. El niño más alejado de su izquierda fue rápido para reaccionar, empujándola duro al suelo junto a donde Luca estaba sentado.

—¡Cállate la maldita boca, perra! ¡Tú hablas cuando se te hable!

Moviéndose más rápido de lo que ella lo había visto moverse, Luca saltó a sus pies y se abalanzó sobre el niño que había empujado a Elana. Recibió un par de buenos golpes antes de que los otros dos lo sacaran y lo hubieran tirado al suelo.

—Este gusano de ciudad necesita aprender sobre respeto—, dijo el niño más grande mientras clavaba a Luca en el pecho con su maltrecha bota lodosa. Antes de que Luca pudiera decir nada, uno de los chicos más pequeños le dio una patada rápida al lado de la cabeza de Luca, noqueándolo instantáneamente. Los tres lugareños compartieron una buena risa sobre esto, asustaron a unos pájaros de los árboles cercanos, y luego volvieron su atención en Elana.

—Ethan, agarra sus brazos. Noah, agárralas piernas, —Dijo el grande mientras se acercaba a donde Elana trató de arrastrarse hacia atrás en la arena. Al igual que los monos entrenados, Ethan y Noah se lanzaron sobre Elana e hicieron lo que su líder les dijo.

—¡Quítate de encima! Ayuda—, gritó, pateando y deslizándose los brazos contra su apretado agarre.

Con Luca inconsciente y Whelk cruzando el lago, le tocaba a Elana defenderse. Al ser arrastrada desde la costa para proteger el borde del bosque, uno de sus brazos —el sudor se mezclaba con la humedad restante de la natación— se deslizó libre. Se las arregló para agarrar una roca irregular de la arena y, balanceando su brazo, golpeó al niño llamado Ethan en la cara, cortando una profunda herida en su mejilla derecha. La sangre comenzó a fluir por su cuello.

—¡Maldita perra! — Ethan gritó, soltando su otro brazo y mirando la herida profunda en su cara.

Los otros chicos se detuvieron a observar la explosión de sangre que fluía por el pecho sin pelo del joven. El chico más grande intervino y empujó a Ethan hacia un lado, agarrando las muñecas de Elana tan apretadas que pensó que podrían romperse como ramitas.

—Intenta esa mierda conmigo y te mataré —, gruñó mientras la arrastraba al borde del bosque. Elana se vio obligada a soltar la roca dentada mientras arrojaba su cuerpo con fuerza contra un viejo roble. Sucumbiendo al suelo por la fuerza del golpe, los tres chicos se pararon sobre ella dando la espalda al lago.

—Está bien, ¿quién tiene el primer turno? — Noah dijo, sonriendo como un buitre con la boca llena de dientes torcidos, podridos. El grande lo abofeteó detrás de las orejas, forzando la sonrisa retorcida a retirarse.

—Yo tengo el primer golpe en ella. Yo soy el que la ha visto en primer lugar. —

Ethan, a pesar de su posición baja en la cadena alimenticia, pisoteó sus pies en desafío. —¡Maldita sea, Earl! ¡La perra me cortó la cara! ¡Debería tener el primer turno! —

Earl se volvió lentamente y empujó el pecho de Ethan, enviándolo hacia atrás. Todavía sosteniendo una mano a su mejilla sangrante, Ethan inmediatamente inclinó el hombro y cayó de nuevo en la fila.

—Tengo que ir primero. Esas son las reglas—, gritó Earl, golpeando su pecho.

Como Earl se inclinó para tocar la pierna expuesta de Elana, ella se desenroscó y le dio una patada rápida y fuerte a su ingle. Cayendo sobre su espalda, gruñó y escupió obscenidades al cielo mientras los otros chicos se paraban sobre ella y observaban en silencio. Cuando Elana trató de levantarse de nuevo y huir, Ethan le dio una patada en el pecho, empujando el aire fuera de sus pulmones. Incapaz de recuperar el aliento, cayó de nuevo a su lado en la suciedad.

—Te lo estabas buscando —, dijo Ethan, una mano pintada de rojo con su propia sangre. Al levantar su puño sangriento en el aire, listo para atacar a Elana de nuevo, una voz en auge lo detuvo.

—¡Déjenla ir, animales! —

De pie a varios pies de distancia, con una roca de tamaño softball curvado en su mano derecha, era Luca. La sangre corría de una pequeña herida en su templo, pero sus ojos se veían fríos- azul acero con rabia enfocada.

Los tres chicos se volvieron y corrieron toda la fuerza en Luca. Se mantuvo firme e hizo todo lo posible para defenderse. Se las arregló para conseguir un par de buenos éxitos con la roca, pero fue superado en número. Earl logró sacar la roca de la mano de Luca mientras lo golpeaba en la arena con sus puños. Ethan sostuvo las piernas de Luca cuando Noah comenzó a pisar su pecho.

Sabiendo que no podía ayudar a Luca, Elana vio una oportunidad para escapar y obtener ayuda. Saltó a sus pies y corrió tan rápido como pudo a través de la maleza hasta que tropezó en un camino de tierra. Descalza y asustada, corrió la longitud de ese camino de tierra hasta que se encontró con dos hombres montando un viejo tractor agrícola. Al ver a la joven asustada, los pies sangrando y los ojos regando, se detuvieron y la escucharon.

Al oír que el joven Luca podría estar gravemente herido, los granjeros subieron a Elana en la cabina del tractor y corrieron hasta la casa de verano de los Whelk. Cuando llegaron a la costa, los tres chicos se habían ido. Todo lo que quedaba era un cuerpo arrugado que yacía inmóvil en la arena amarilla brillante.

El corazón de Elana se hundió. Temía lo peor y, saltando del tractor, corrió a Luca, cayendo de rodillas al lado él.

Los hombres no se desperdiciaron tiempo. Uno condujo el tractor de vuelta a la ciudad para llamar a una ambulancia, mientras que el otro se quedó en la orilla con los dos niños asustados y heridos. Severamente golpeado, la cara de Luca parecía un pedazo de carne masticada. Viendo a su mejor amigo roto y dejado morir en la arena, Elana gritó en el cielo abierto en agonía. Sintiendo todo su cuerpo temblando con tristeza insoportable, se arrodilló en la arena manchada de sangre junto a Luca y oró. La cabeza descansaba suavemente contra su pecho, ella escuchaba sus débiles latidos del corazón mientras sus lágrimas se mezclaban con el líquido cobrizo de su sangre.

Cuando llegó la ambulancia, los paramédicos se apresuraron a revisar los signos vitales de Luca antes de mover su cuerpo. No querían agravar sus lesiones ni causar más daños de los que ya había.

—Está respirando, pero su pulso es débil—, dijo uno antes de hacer un gesto al otro para sacar la camilla.

El cargado en la parte trasera de la ambulancia. El hombre del tractor puso una mano sucia sobre el hombro de Elana y dijo: —Ora por él, cariño'. Va a necesitarlo.

El Sr. Whelk vio la ambulancia cerca de la casa y remó de vuelta a la orilla tan rápido como pudo. En shock completo, se metió en la parte trasera de la ambulancia y vio el cuerpo maltratado de Luca, arrugado y ensangrentado en la camilla. Whelk y Elana siguieron la ambulancia en la camioneta hasta la entrada de emergencia. Obligados a quedarse en la sala de espera mientras los médicos cosían a Luca y realizaban pruebas, los dos caminaban sin fin, esperando cualquier noticia.

Después de que se tomaron las radiografías, los médicos les informaron que Luca tenía cuatro costillas rotas, una mandíbula fracturada y una profunda herida en la cabeza que requirió diez puntos de sutura. La policía local bajó al hospital y tomó una declaración de Luca una vez que estaba consciente. Elana nunca se fue de su lado.

Whelk nunca supo de la policía durante las tres semanas de estancia que Luca se vio obligado a tomar en el hospital. Meses más tarde, Luca y Elana testificaron en la corte, y los tres chicos locales fueron enviados a detención juvenil hasta que cumplieron dieciocho años.

Nueve años atrás

Antes del decimotercer cumpleaños de Elana, sucedió lo impensable. Era finales de noviembre cuando Elana y Luca llegaron a casa de la escuela un día y se dieron cuenta de que la señora Whelk no estaba allí para saludarlos. En lugar de verla en la cocina horneando o cocinando como siempre, sólo estaba el señor Whelk. Se sentó solo en la mesa de la cocina; sus hombros por lo general fuertes se desplomaron hacia adelante como los pétalos de una rosa marchita.

—Siéntense, niños—, dijo, levantando lentamente su mirada triste hacia ellos mientras entraban con cautela en la cocina. —Tengo algo que decirles a ambos. Por favor, siéntese. —

Sintiéndose más confundidos que preocupados, Luca y Elana se unieron a él en la mesa y esperaron. Limpioando sus ojos con una mano mientras la otra temblaba en la superficie de la mesa, el Sr. Whelk tomó varios momentos para componerse antes de decir: —Mi esposa... ella está...—

Cuando la gravedad de la situación finalmente comenzó a registrarse con los dos niños, Elana extendió la mano y puso su mano suavemente sobre la del Sr. Whelk. —¿Qué pasa? ¿Pasó algo? ¿Está bien? —

Tomando su pequeña mano en la suya, el señor Whelk miró a Elana, con los ojos rojos y mojados. —Ella... fue llevado al hospital esta mañana. Está muy enferma—.

—¿Enferma? ¿Qué tan enferma? — Luca se desdibujó. El nivel sincero de preocupación que sentía en su interior se proyectó por toda su cara. Las líneas profundas le arrugaron la frente.

El señor Whelk, dejando que su lágrima fluir libremente ahora, se acercó a Luca y lo abrazó firmemente. —¿Recuerdas cuando empezó a sentirse mal hace dos semanas y fue a ver al médico? Esta mañana se derrumbó y no pudo respirar. Es cáncer óseo, y causó una embolia en su pulmón. Le dieron medicinas y está respirando mejor, perolos médicos me dijeron que el cáncer es la etapa cuatro y que no le queda mucho tiempo. Ella... ella rechaza el tratamiento.

Tanto Luca como Elana jadearon simultáneamente. —¿Qué?! ¿por qué? ¿No quiere mejorar? —

El señor Whelk se agarró las manos un poco más apretado, hablando suave y lento para calmarlos. —Niños, ella es vieja. La señora Whelk no quiere pasar por la agonía que eso conlleva. Es difícil de aceptar. Confíen en mí, lo sé. La quiero aquí más que nada. Pero, es su decisión, niños. Los labios temblaban mientras lidiaba con las circunstancias, el Sr. Whelk se tragó su tristeza y agregó: —Aquí hay... una última cosa que sé que ella querría. Más que nada. —

—¿Qué es? —ambos niños preguntaron, dispuestos a poner sus propias vidas en juego para salvar a la vieja y amable mujer que los había amado de maneras que ninguna de sus madres tuvo la oportunidad de. —Haremos cualquier cosa. —

***

Las semanas más tarde, el día de Navidad, el Sr. Whelk empacó la camioneta con una silla de ruedas, un tanque de oxígeno y mantas. Ayudaron a la anciana frágil a entrar en la parte trasera del coche y se dirigieron a la ciudad. Durante horas, la pareja de ancianos se aferró fuerte, viendo a Elana y Luca patinar sobre hielo en la gigantesca pista del Rockefeller Center. Este lugar era muy especial para ellos; era el mismo lugar donde su relación comenzó hace más de cincuenta años hasta el día de hoy.

—Quería verlos felices una vez más—, le susurró la señora Whelk a su marido. —Prométeme que te ocuparás de ellos cuando me haya ido. —

—Lo prometo—, sollozó elanciano, sosteniendo la mano de su esposa. —Haré lo que pueda, lo prometo. — Se inclinó para ajustar las mantas en el regazo de su esposa para ocultar sus lágrimas.

Luca y Elana se rieron y se persiguieron en el hielo. Los Whelks los observaban, corazones cálidos con la vista de su joven diversión. Whelk no quería nada más que ver la felicidad de sus hijos. Ella quería disfrutar de la sensación durante todo el tiempo que pudiera.

Más tarde esa noche en el viaje de regreso a casa, Luca y Elana tiernamente se retuvieron de la mano en el asiento trasero. —Feliz Navidad, Elana, — Luca susurró, cavando una pequeña caja de su bolsillo y entregándola a Elana. Envuelta no tan perfectamente en la sección de cómics dominicales del periódico, Elana abrió la caja y tuvo que evitar que se jadee en voz alta. Dentro de la caja había un collar. Era la mitad de un corazón de madera tallada unido a una cuerda de cuero. Luca sacó la otra mitad del corazón de su camisa y dijo: —No tengo dinero para comprarte un regalo apropiado. He tallado este colgante de palisandro y lo corté por la mitad, así que cuando estemos separados, siempre estaremos juntos. Dos mitades de un todo. —

—Gracias —le dijo Elana a Luca—. Ella dejó ir su mano, agachándose a través del asiento y besándolo ligeramente en los labios. Luca se quedó atónito al principio, con los ojos anchos y la boca flojo, y se congeló en su asiento. Incluso bajo la tenue luz de las farolas que pasaban, sus mejillas acampanadas carmesí contra la palidez de su piel.

Elana no lo sabía en ese momento, pero esta sería la última Navidad que pasaría con esta familia amorosa. La señora Whelk murió mientras dormía dos semanas más tarde.

***

Whelk trató de dar lo mejor de sí mismo durante meses, pero sin su esposa, perdió su voluntad de continuar. El hogar una vez cálido y amoroso se había convertido en un lugar de tristeza. Elana y Luca intentaron todo para animar al único padre que habían conocido. Whelk se deslizó lentamente en una profunda depresión. Los niños trataron de ocultarlo a la trabajadora social durante sus visitas regulares, pero llegó un día en que la depresión cada vez más profunda del Sr. Whelk y la mala salud física se volvieron demasiado obvios. Descuidó las tareas domésticas y algunos días ni siquiera se acostó. Perdió interés en todo y dejó de hablar. Se sentó mirando por la ventana, tarareando a sí mismo, y rara vez comió la comida que Elana y Luca cocinaban para él.

La trabajadora social tuvo que tomar una decisión difícil. Debido a su salud deteriorada, el Sr. Whelk fue colocado en un asilo de ancianos y regresaron a Elana y Luca de vuelta al estado. No tenían elección en el asunto.

—Una nube oscura me está siguiendo, toda mi vida—, exclamó Elana, apoyada por el hombro de Luca cuando se vieron obligados a despedirse el uno del otro. —He sido arrojado de un lugar a otro y cuando finalmente, mi vida parece estable y feliz, la nube está por encima de mí, otra vez. ¿Qué nos pasará, Luca? Si nos separan, ¿me encontrarás? —

—¡Lo haré! Te lo prometo—, sollozó Luca.

Con toda la estabilidad arrancada de su vida una vez más, Elana fue echada de vuelta al mundo sin ningún lugar donde llamar hogar. No más familia, no más estructura. Pero, lo peor de todo, perdió a Luca. Fueron separados y enviados a diferentes hogares de acogida.

Tradición navideña

Sentir el balance de la cabina cerca de las mojadas calles de su apartamento obligó a Elana a resurgir de las oscuras aguas del pasado. Ella agarró el corazón de madera que Luca le dio hace tantos años, llenando sus ojos de lágrimas. Desde noche maravillosa le dio el colgante de medio corazón, ella lo llevó con ella siempre.

—La tarifa va a ser $13.50, señora—, dijo el taxista mientras se detuvo al frente del edificio de apartamentos de Elana. Cuidadosamente, se deslizó el collar de nuevo debajo de su blusa antes de salir de la cabina. Elana pagó al taxista y ascendió los escalones helados. Una vez dentro, se quitó la ropa de invierno y se sentó en su sofá de cuero negro.

Continúo recordando los viejos tiempos, Elana miró la pintura enmarcada que colgaba en la pared. Admirando los bordes ondory el rico paladar de colores, Elana se perdió en las profundidades sin forma del arte abstracto. Era su pintura al óleo favorita que había heredado de sus padres adoptivos.

Una pareja conocida en la comunidad artística —el pintor neoyorquino Stuart Speer y su esposa/gerente Donna Speer— adoptaron a Elana unos meses después de que se viera obligada a dejar la casadel Sr. Whelk. Los Speers eran una pareja mucho más joven que los Whelks,y un golpe de suerte para Elana, estaban felices de adoptar un adolescente de catorce años.

Elana vivió felizmente en el elegante apartamento de la zona alta de Manhattan de Speers durante toda la escuela secundaria y su primer año en la Ciudad de Nueva York. Los Speers disfrutaron de consentir a Elana, llenando su vida no sólo de afecto, sino también de bienes materiales. Elana pudo ir de vacaciones a Hawái y Europa, e incluso recibió un nuevo convertible en su decimosexto cumpleaños.

Pero cada año desde su adopción, ella sólo pidió una cosa. Pidió pasar el día de Navidad en Rockefeller Plaza, patinando sobre hielo. Los Speers siempre estuvieron de acuerdo, nunca cuestionando la petición, y pronto se convirtió en una tradición familiar. Secretamente, Elana se aferró a un pequeño trozo de esperanza de que vería a Luca allí, esperándola. Pero nunca lo hizo. Sin embargo, mantuvo viva la tradición. No sólo para ella y Luca, sino para la memoria del señor y la señora Whelk. Era lo menos que podía hacer para llevar a cabo la memoria del amor que le habían dado cuando nadie más lo haría.

Luego, en su segundo año de universidad, la tragedia volvió a levantar su fea cabeza.

Tanto Stuart como Donna Speer murieron en un horrible accidente automovilístico en el túnel Lincoln. Si Elana hubiera decidido ir con ellos a visitar a amigos en lugar de enterrar su cabeza en su libro de anatomía, seguramente habría estado en ese accidente fatal con ellos. Estaba sola, otra vez. Afligida por sus padres, Elana tenía la fuerte sensación de que de alguna manera trajo mala suerte a los que la amaban. Tal vez, todo comenzó con su madre hace tantos años.

Dejar todo lo que poseían a Elana, la última voluntad y testamento de los Speers le dio la oportunidad de vivir su vida con facilidad. Heredando el estudio de arte Stuart Speer y el elegante apartamento de Manhattan, los pagos retro de las pinturas solo pagarían por su matrícula universitaria y le proporcionarían una vida cómoda.

Sin embargo, Elana no podía disfrutar de la riqueza. Un vacío cavernoso, especialmente durante las vacaciones, consumió toda su capacidad de felicidad. ¿Cómo pudo ser feliz cuando todos los que le importaban no estaban allí para disfrutarlo con ella? El universo era una amante cruel, y Elana se estaba cansando de sus juegos egoístas.

***

Había estado mirando la pintura tanto tiempo que sus curvas y líneas se quemó en su retina cuando cerró los ojos. Los ojos todavía cerrados, vio como la impresión fantasmal se desvaneció en la oscuridad, como todo lo demás que siempre amó en su vida. Pensó en Luca con profunda tristeza en su corazón. *Lo prometió, pero se olvidó de mí.* Su amor por Luca, en lugar de desvanecerse, se hizo más fuerte con el paso de los años. La torpeza de su adolescencia se había ido, ella había florecido en una mujer hermosa. Muchos hombres la invitaron a salir y ella salió en unas cuantas citas, pero no podía olvidar a Luca y no había establecido una conexión con nadie.

Poco a poco, Elana se acostó en el sofá e hizo lo único que podía pensar hacer en ese momento de tristeza abrumadora. Ella permitió que su cuerpo y su mente se desviaran hacia el sueño sin atamiento.

***

Elana pasó los siguientes días antes de Navidad sin hacer nada. Aparte de bañarse y comer ocasionalmente, ella hizo poco más que pensar en todas esas cosas que nunca fueron. Durantehoras, miró esa pintura, dejando que los colores y las pinceladas quemaran pequeños agujeros en el grueso velo de su psique torturada. Elana contó dolorosamente los días hasta que pudo ponerse sus patines e ir al único lugar que la hizo sentir un poco feliz. Sólo entonces podría encontrar una especie de paz interior, aunque sólo momentáneamente.

Finalmente, llegó el día. Elana se despertó y, por primera vez en toda la semana, sonrió.

Oficialmente era Navidad.

No importa el clima, Elana se sintió obligada a estar en Rockefeller Plaza. Así que, después de limpiarse y comer algo, sacó sus patines de hielo del armario y dejó el apartamento por primera vez desde que comenzaron las vacaciones de invierno.

—Rockefeller Center, por favor—, dijo mientras subía a la parte trasera del taxi.

Sin mirar atrás o decir una palabra, el taxista comenzó el medidor y se fusionó en el tráfico.

***

Patines atados a sus pies, Elana cuidadosamente pasado sobre el hielo. Sorprendentemente, sólo unas pocas personas estaban patinando en la pista, dando a Elana todo el espacio para moverse de la manera que ella eligió. Dejando que la inercia dejara su cuerpo y la deslizara sin esfuerzo en la hoja pulida de hielo, sus pensamientos una vez más se perdieron en el pasado. De ida y vuelta, redondas y redondas, pequeñas lágrimas se filtraron de sus ojos hinchados y se mezclaron con copos de nieve derretidos en sus mejillas. Elana revivió todos esos pasados navideños, su mente corriendo y lágrimas fluyendo. Con el viento soplando suaves besos a través de su cabello, cerró los ojos y dejó que el tirón del hielo adormeciera su mente afligida. Si sólo el viento pudiera llevarse su soledad...

De repente, sintió que sus piernas chocaron con algo suave y oyó un grito doloroso. Tomada completamente desprevenida, Elana soltó un grito agudo mientras sus piernas se retorcieron, lanzando hacia adelante y golpeándola sobre el hielo. Guiñando el dolor, miró hacia arriba a tiempo para ver a un perro negro grande derrapar a través del hielo y fuera de la entrada. Sacudida, Elana trató de ponerse de pie, pero cuando puso peso en su pie, inmenso dolor en su pierna la volvió a la espalda al hielo. El fuerte dolor en su tobillo y el entumecimiento de su pie le dijeron que su tobillo podría haberse roto en la caída. *Aparentemente, la mala suerte aún no ha terminado conmigo y se frota las manos invisibles con júbilo.*

—Oh Dios mío! ¿Estás bien? —, emanaba la voz de un hombre sobre su hombro. La voz del extraño sonaba familiar y envió una onda expansiva de déja vu a través de Elana, pero cuando se volvió a mirar al hombre patinando a través del hielo hacia ella, ella no lo reconoció. Era un joven de unos veinte años con el pelo castaño corto y los huesos estrechos de las mejillas equilibrados delicadamente en su rostro limpio afeitado. Su expresión fue una de intensa preocupación y se barajó hacia ella, tratando de no caer y lastimarse a sí mismo también.

Finalmente llegando a Elana, el hombre se arrodilló ante ella. —Lo siento mucho. Ese perro callejero se metió en la pista de alguna manera. ¿Estás bien? —

Elana se frotó el tobillo, silbando en el dolor en su propio toque. —No, no estoy bien. Estoy segura de que mi tobillo está roto.

Agarrando a Elana en sus fuertes brazos, el hombre la llevó a un banco y la sentó cuidadosamente. Sacando su teléfono, rápidamente marcó 9-1-1 y arregló una ambulancia.

—¿Quieres que llame a tu familia o…? — preguntó, siguiendo la frase.

—No, gracias. Voy a estar bien por mi cuenta. Ella inclinó la cabeza con tristeza y se tocó el ojo, tratando de detener una lágrima de deslizarse por su mejilla.

—Voy a ir con usted al hospital y hacerle compañía. —

—No es necesario... y no tengo familia. Ya no. Estoy sola. — Un sollozo doloroso se liberó de lo más profundo de su pecho.

—Insisto —dijo el joven, tocándole la mano—. Su corazón dolía de simpatía y compasión, viéndola llorar. Se deslizó más cerca de ella y ofreció su hombro para apoyarse en.

Elana descansó la cabeza contra su pecho y no pudo detenerse. Dejando salir todos sus recuerdos dolorosos reprimidos en un sollozo inconsolable, se olvidó del dolor físico. El dolor en su alma torturada era más fuerte.

Para cuando los paramédicos llegaron y la cargaron en la parte trasera de la ambulancia, el sollozo de Elana se calmó. Recordó el día de verano, hace tanto tiempo en su infancia, cuando Luca fue cargado en una ambulancia, golpeado y roto.

—Realmente no tienes que venir conmigo—, aseguró Elana al joven. —Lo siento, tenías que verme desmoronarme. Estaré bien. Es solo... demasiados malos recuerdos que me alcanzan.

El hombre sonrió y tomó la mano de Elana. —Es Navidad. Mi vida tampoco había sido todo sol. Lo entiendo y quiero asegurarme de que estás bien. —

En el hospital, Elana y el hombre esperaron en una pequeña habitación para que un médico examinara su tobillo. Hicieron una pequeña charla ligera, sobre todo sobre el clima y los Yankees, mientras que Elana llenó formularios de seguro.

Sintió una inusual atracción hacia el hombre. No sólo por su buen aspecto, físico de ajuste, y aura encantadora, pero había algo más profundo que Elana no podía explicar del todo. Mientras trataba de enfocar sus pensamientos de nuevo en llenar formularios, el médico entró en la habitación.

Nelson dijo el hombre alto con un abrigo blanco corto, revisando la pantalla portátil de la computadora. Tomando asiento en un taburete junto a la cama, el Dr. Nelson estudió el tobillo de Elana. La hinchazón había comenzado a encenderse, y su piel ya estaba empezando a hincharse y magullarse por el impacto de la caída. —¿Cómo te caíste? —, Preguntó.

—Estaba patinando en el centro Rockefeller y tropecé con un perro. Cerré los ojos por un momento y no vi al perro hasta que mis piernas chocaron con él. Espero que el pobre animal esté bien—, explicó Elana mientras veía a un hombre con un uniforme de ama de llaves empujando su carro de limpieza en la habitación.

—¿No podrías esperar hasta que termine? —El Dr. Nelson miró al hombre del taburete, molesto.

—¡Discúlpeme! —, El hombre se quejó. —Sólo hago mi trabajo ,— dijo indignado con una ira mostrada en su rostro ancho.

—No importa, casi he terminado, de todos modos. — Se volvió a Elana. — Bueno, parece que golpeaste el hielo con fuerza; podrías tener algunos huesos rotos. Pediré una radiografía y nos iremos a partir de ahí—.

—Hola, amigos. ¿Doctores, cierto? Todos poderosos, — más limpiador rio, viendo al médico corriendo fuera de la habitación. —Parece de patinaje torpe. — Se echó a reír de corazón de su propia broma coja mientras limpiaba el fregadero, pero ni Elana ni el joven lo encontraron divertido en absoluto.

Sintió su frialdad a su sentido del humor, el ama de llaves se despejó la garganta. —¡Bueno, eso será una primera vez! — bromeo. — Cayéndose sobre un perro,— Volvió a bromear, luego miró a Elana con una sonrisa en la cara. —Patinar con los ojos, te lo estabas buscando, yo diría.—

La frase resonó en la mente de Elana. Algo cruelmente familiar tiró en la vanguardia de su memoria en sus palabras.

Te lo estabas buscando... Te lo estabas buscando... te lo estabas buscando...

Ella miró la cicatriz desigual en su mejilla izquierda y se dio cuenta de lo que su mente inconsciente estaba tratando de decirle. Su placa mostraba su nombre: Ethan Wilson.

Bile se elevó en su garganta y ella preguntó con voz temblorosa, —¿Estás... ¿Eres de un pueblo llamado Brayton? Brayton, Nueva York? Cuando la ama de llaves no dijo nada, escaneando la cara de Elanaen busca dealgún sentido de reconocimiento, añadió:—¿Justo al lado del lago George?—

—Yo... Sí, ¿por qué? ¿Cómo me conoces? —

—Cuando tenía doce años, tú y tus amigos... — Elana comenzó a decir, sus palabras se ahogaron de emoción, — golpeaste a mi mejor amiga y lo intentaste... intentaste… lastimarme.

Abriendo la boca, el hombre de aspecto brutal de repente se dio cuenta de donde Elana lo conocía. De repente, ella podía ver que él también recordaba. Su mano izquierda comenzó a frotar ausente en la oscura, cicatriz de media luna elevada en su mejilla.

—¿Qué sabes? La perra que me dio esto—, murmuró bajo su aliento, frotándose la cicatriz.

—Sí, ¡lo hice! — Elana gritó de repente, inflamado de rabia. —¡Usted y sus amigos casi matan a mi mejor amigo! —

Al darse cuenta de que no había ningún uso en discutir o mentir a Elana, el hombre suspiró en la molestia y dijo: —Mira antes... Fue hace mucho tiempo... y ya sabes... los niños serán chicos... ¡y lo pagamos! La juvenil ha sido un infierno, ya sabes. —

La ira y el dolor de Elana estallaron y saltó de la cama, cojeando sobre su pie sin daño y gritando en la cara con cicatrices del hombre, —¡Fuera! ¡FUERA! —

El joven se puso de pie, empujó a la ama de llaves a un lado, y corrió a Elana. La ama de llaves tropezó y rápidamente se retiró cuando las enfermeras entraron y la ayudaron a volver a la cama. Ethan salió corriendo de la habitación sin decir una palabra y Elana se volvió hacia las enfermeras. —¡Por favor, no deje que ese hombre cerca de mí! —, Sollozó. —Él y sus amigos trataron de violarme cuando tenía doce años. —

Al ver lo angustiada que estaba, mantuvieron sus preguntas para sí mismos, pero intercambiaron miradas disgustadas. —No te preocupes, cariño. No volverá; Me aseguraré de ello, y voy a hablar con su supervisor, —la enfermera mayor dijo mientras ayudaba a elevarla pierna de Elana con una almohada.

Después de que la enfermera salió de la habitación, Elana sintió una luz tocar su brazo. El joven puso su brazo alrededor del hombro de Elana y gritó: —Elana, es...— el hombre comenzó a decir antes de que su voz se desvaneciera. En un movimiento, alcanzó con la otra mano la parte superior de su camisa y sacó un collar. Al final del hilo de cuero corto que colgaba alrededor de su cuello estaba la otra mitad del colgante tallado de Elana. — Soy yo... Luca. —

No podía creerlo. Ella estaba buscando las características del niño en su cara; el rizo de su labio superior mientras sonreía y el brillo en sus ojos le dijo que era el niño del que estaba enamorada cuando era adolescente. Incapaz de controlar la embestida de emociones que se inundaron, Elana se lanzó a los brazos de Luca y lloró grandes lágrimas de alegría.

—Luca! ¿De verdad eres tú? Has cambiado tanto, no te reconocí —, habló en su cuello mientras ella presionaba contra él, no dispuesto a dejarlo ir.

La enfermera mayor entró en la habitación y sus ojos se desprendieron, recordando la hermosa sensación de primer amor.

—Sí, amor. Realmente soy yo. Tú también has cambiado mucho. La adolescente rara que conocí se convirtió en una mujer increíblemente hermosa. De alguna manera, el destino nos ha vuelto a unir.

La enfermera se metió en el bolsillo y sacó una rama de muérdago atada con cinta roja. Ella lo sostuvo sobre sus cabezas y, con los ojos llorosos, dijo con voz alegre: —Estás bajo el muérdago—.

Y, tal como Elana había hecho en su última noche de Navidad juntos, esta vez, fue Luca quien se inclinó lentamente y besó sus labios, degustando la cálida salinidad de las lágrimas mientras caían en cascada sus mejillas rosadas. Elana miró a los mismos ojos azules en los que se había perdido hace tantos años, cuando la enfermera salió de puntillas de la habitación.

—He estado esperando este beso durante todos esos años desde la última hermosa Navidad que pasamos juntos—, susurró Luca, con la voz chocándose.

—Perdí la esperanza que nunca te volvería a ver, hace años, —Elana admitió. —Pensé que te habías olvidado de mí y nunca te volvería a ver. —

—Te he estado buscando desde el día en que nos separamos, pero no pude encontrarte—, dijo con lágrimas en los ojos. —A la trabajadora social no se le permitió contarme detalles; lo único que dijo fue que fueron adoptados sólo unos días después de que te vi la última vez—.

—Sí, fui adoptado por una pareja maravillosa. El proceso fue rápido porque querían una adolescente—, dijo Elana sonriendo, y luego su sonrisa se desvaneció. —Eran padres maravillosos hasta... murieron en un accidente automovilístico—.

Sentado en la cama con los brazos envueltos alrededor del marco delgado de Elana, Luca exclamó: —¡Lo siento mucho! Pero al menos tuviste una familia amorosa por un tiempo. He buscado en todos los sitios de redes sociales y he hablado con niños en hogares de acogida, pero nadie sabía nada de ti—.

—Oh. — Los ojos de Elana se iluminaron. — Mis padres eran estrictos sobre internet; bloquearon los sitios de redes sociales y sólo se me permitió hacer investigación para las tareas escolares. Mi apellido había sido cambiado cuando la adopción pasó por. Cuando creé un perfil en los sitios de redes sociales, yo era Elana Speer para entonces. ¿Realmente me buscaste? —

—Lo hice y me sentí devastado cuando no pude encontrar nada. Ahora sé por qué. Me quedé en el refugio un par de meses antes de ser adoptado por una pareja británica adinerada—.

Elana se había olvidado del dolor en el tobillo, totalmente absorto en todo lo que Luca tenía que decir. —Me lo dijo todo—, le pidió.

Luca suspiró y continuó. —Estaban nuevos en los EstadosUnidos, eran padres increíbles y vieron potencial en mí que nunca supe que tenía. En ese momento de mi vida, pensé que sólo tú me amabas. Literalmente me sentí como un pedazo de basura desechada cuando te perdí. —

Elana besó la mejilla de Luca, pero no dijo nada mientras continuaba su historia.

—Nos mudamos de Nueva York a San Francisco poco después de que me adoptaran. Querían rodearme con el tipo de arte y cultura que aman. Fui a la escuela de arte y me convertí en un artista codiciado. Bueno, eso es lo que me dice mi agente de todos modos.

—Mi padre también era un gran artista. — Elana sonrió.

—Bueno, sólo estoy tratando de serlo. — Luca se rio de su propio sentido de arrogancia irónica antes de continuar. —Me encanta San Francisco, pero este año algo me trajo de vuelta a Nueva York. De vuelta a la pista de hielo en Rockefeller Center.

En mi mente, a lo largo de los años estábamos separados, ese lugar retuvo tanto significado para mí. Era el lugar donde fui con mi único amor. Mi alma gemela. —

Elana miró con nostalgia en los ojos azules acerados de Luca, empapado en el pulsar magnético. —Yo también lo sentí. He estado volviendo allí para patinar todos los años desde esa noche mágica, esperando contra la esperanza que algún día estarías allí. Esperándome. —

—Y yo también habría estado—, dijo Luca, una mirada culpable lavando su hermosa cara—, si hubiera sabido que nunca habías salido de Nueva York, me habría arrastrado de rodillas si tuviera que hacerlo, para verte. Pero un niño que conocía de vivir en una familia adoptiva juntos antes de conocerte me dijo que fuiste adoptada y te mudaste a Francia. —

—No, he estado aquí desde entonces. ¿Por qué te mentiría ese chico? —

—No lo sé. Tal vez sólo asumió. Éramos jóvenes y el sueño de todos los niños en el sistema de acogida para ser adoptada. Pero mi agente me dijo que una de mis pinturas iba a aparecer en una galería de arte en Nueva York, sentí que algo me estaba atrayendo de vuelta. Dijo que no necesitaba estar aquí para la presentación de una pintura, pero quería estar aquí—.

—Me alegro de que lo hicieras. —

Besándose unos a otros con la pasión ardiente de un sol moribundo, los dos cuerpos ir se fusionaron en uno bajo la intensa llamarada de su revivido amor.

—Disculpe—, interrumpió un joven, empujando una máquina de rayos X portable. Voy a tomar una foto de tu tobillo. —

Hizo la radiografía, y poco tiempo después el médico entró en la habitación. —No hay huesos rotos. — Sonrió. —Por suerte, es sólo un esguince. Tendrás que usar un dispositivo ortopédico durante unas semanas y comenzar la terapia física la próxima semana—.

La enfermera entró y se mete el aparato en el tobillo de Elana. —¿Cómo está el dolor? —, Preguntó.

Los dedos entrelazados en la hinchazón de Luca y el corazón con la felicidad, Elana sonrió y dijo: —El dolor físico no es importante. Lo que es más importante, no siento ningún dolor en mi alma. Ya no.

Epilogo

En un mes, Luca vendió su estudio en San Francisco y se mudó a Nueva York. Alquiló un apartamento en el edificio de Elana. Sus padres, felices por él y queriendo estar cerca de ellos, vendieron su casa y compraron un apartamento cooperativo en Manhattan unas semanas más tarde. Ellos dieron la bienvenida a Elana en su hogar y corazones.

Haciéndose con el estudio de arte sin usar del padre de Elana, Luca no tuvo problemas con la transición. Elana, con la conciencia limpia y el corazón reanimado, continuó la escuela de medicina. Dejando atrás el doloroso pasado, aquí no había otro lugar a donde ir, sino hacia adelante, y Elana sintió que la nube oscura la siguió desde el día en que nació, finalmente se estaba disipando.

El Día de San Valentín al año siguiente, su sueño tan esperado se hizo realidad. Ellos declararon su amor eterno y se casaron por el sacerdote que había encontrado a Elana en las escaleras de la Catedral de San Patricio hace todos esos años.

Sostuvieron las dos mitades del corazón de madera tallada juntos cuando el sacerdote les declaró marido y mujer.

El destino finalmente había realineado sus caminos y puesto sus corazones donde pertenecían. Juntos.

La autora

https://www.authorerikamszabo.com

"El bicho de la escritura me picó en una tarde lluviosa cuando no podía encontrar ningún libro nuevo para leer. Mi hija se hartó de que estuviera deprimida y me espetó: "¡Mamá, deja de quejarte! Si no tienes un libro para leer, entonces escribe uno." Su desafío me sorprendió, pero empecé a tantear la idea y desde entonces he estado escribiendo historias que me gustan leer,".

A Erika le encanta bailar al ritmo de sus melodías y seguir sus sueños, nos muestra sus habilidades de escritura de historias y sus libros que están basados en la imaginación creativa sobre temas como historia alternativa, fantasía urbana, misterio, dulce romance e historias sobrenaturales. Las historias de sus hijos son informativas, educativas y ofrecen valores morales sin sermones.

"Seguí mi sueño de convertirme en escritora. Como artista, pinto imágenes bonitas con mis pinceles, y como escritora, pinto imágenes vívidas con mis palabras".

Contents